O —

editora Urutau

rua do cajú, 478,
jardim das cerejeiras
06724-015
cotia-sp (brasil)

rua manuel pacheco nobre, 128 - 5º esquerdo
2830-080
barreiro (setúbal)
portugal

[+351] 928053619 [portugal]
[+55] 11 95608 8983 [brasil]

www.editoraurutau.com.br
contato@editoraurutau.com.br

[EDITORES]
tiago fabris rendelli & wladimir vaz
[COORDENAÇÃO DE REVISÃO]
debora ribeiro rendelli
[REVISÃO]
juliana palermo
[DIAGRAMAÇÃO]
victor h. azevedo
[CAPA]
victor h. azevedo, sobre fotografia de raitis raitums

dados internacionais de catalogação na publicação (CIP) de acordo com ISBD

Diógenes, Glória
D591a Avarias / Glória Diógenes. - Cotia : Urutau, 2024. 100 p. ; 13cm x 19cm.

ISBN: 978-65-5900-643-4

1. Literatura brasileira. 2. Prosa. I. Título.

CDD 869.985
2024-199 CDU 869.0(81)

Elaborado por Odilio Hilario Moreira Junior - CRB-8/9949

AVARIAS

GLÓRIA DIÓGENES

[primeira edição]
URUTAU
fevereiro de 2024

sumário

* * *

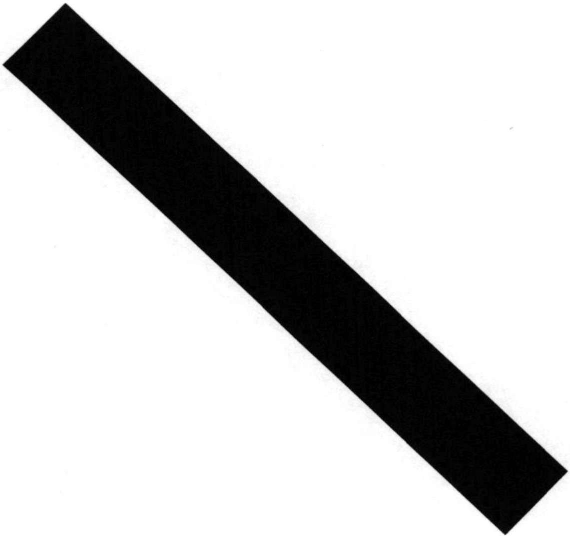

I

Nau dos delirantes

A mulher nem se atrevia a olhar para trás. Conservava-se ajoelhada na margem esquerda do rio e retinha entre as mãos um cabo do barco que fora dividido em dois. Madalena é alcunha que condena, dizia a avó do mato. Era um nome que pesava e sempre pesou. Seria punição o tanto de sofrimento causado pela partida de Francisco de Orellana, seu homem? Em desvario a mulher jurou para anjos e santos que só sairia do cais carregada, ou se fosse obrigada.

Nas primeiras horas, gente de todos os lados entreolhava-se e zombava da mulher agarrada ao ancoradouro. Alguns acreditavam que era uma questão de poucos dias. A saudade se recolheria em busca de solo firme. Madalena nunca foi de se desfazer de sentimentos. À beira do Amazonas, viu o navio-gaiola seguir altaneiro na direção do Santa Maria de Ojeal. Era setembro das ondas orbitais. Antes de subir o barco, Orellana pousou a vista nos seios fartos da fêmea, nos seus olhos amarelos de cobra peçonhenta e tremeu de cima a baixo. Sabia da dificuldade de abandonar a terra que o fez acordar.

Após o primeiro dia, uma multidão de curiosos foi cercando a mulher ancorada. A quem lhe indagava se queria comer, beber um gole de água, respondia — minha fome e minha sede é outra. Na medida em que a falta de Orellana ficava mais intensa, Madalena definhava. Agitados diante da fraqueza da mulher, mandaram chamar um padre para a benzição. Enquanto isso, um grupo de mulheres portando véus na cabeça e terço entre as mãos puxava preces, rogando a Deus conformação.

Renitente, a mulher aguardava o milagre do retorno. No terceiro dia, finalzinho de tarde, chega um padre da paróquia vizinha. A sede, a fome e o sol úmido dos trópicos já causavam delírios, tontura e tropeço nas palavras de Madalena. O reverendo se aproximou dela, também em posição de circunflexão, e indagou o motivo de tanto pesar. Sustentando o olhar, a mulher interpelou: você já amou, monsenhor? Ele fechou os punhos, cerrou os lábios, apertou as pestanas sem nada responder. Nesse momento, se deu conta das pernas brancas de Madalena a roçarem suas vestes. Subiu-lhe às narinas um cheiro bom do mato depois da chuva, o odor da mistura de óleos secretados pelas plantas em tempo de seca. Sem conseguir disfarçar, o rubor tomou-lhe as faces. Em rápido movimento, o reverendo dobrou-se junto à mulher. Agachados, assemelhavam-se a penitentes, consternados diante de pecados de difícil perdão.

Em torno dos dois circundava um lume, o calor de vulcões, da alta temperatura dos magmas antes da explosão. Entreviram-se. Na tela de projeção de um diante do outro, o filme de duas vidas se movimentava na película fina do pavor do esquecimento. Uma sequência de planos, de locações exibia, em modo acelerado, cenas de promessas rompidas, de esquecimentos, dos escárnios de dor, gozo e traição. Nem o padre nem mesmo Madalena saberiam dizer o que era de um, do outro. Alegorias projetavam múltiplas sombras de sentidos. Emoções em estado bruto, imagens desprovidas de qualquer significação.

O calor se expandiu. Uma roda de fogo circundava a cena das almas de dois mundos, de dois tempos, irmanadas rente ao chão — o padre e a pecadora. E foi chegando gente, e foi chegando bicho. Todos que no lugar haviam sofrido do mal do amor abrasavam-se, aumentando o calor do fogo. Até os pássaros se agitaram. Zuniam, em revoada, o bater das asas de amores de um pequeno povoado ribeirinho. Era possível se escutar de longe.

Orellana, atrelado ao leme, sentiu o impacto dos tantos lamentos. Teria sido acometido por febre, seria visagem da navegação em mata fechada? O som ecoou ainda mais audível, retumbando no meio do peito do timoneiro. Fazer um giro era fácil, pensou, como quase tudo na vida. Supôs. Os que dormiam em redes no convés nem perceberiam o movimento da curva da embarcação.

Um cordão de gente continuava a entoar orações e a arremessar a vista na direção do curso norte do rio. Não havia fome nem sede, apenas adiamentos. A gélida noite, contrariando o sono, avivava os corpos. De repente, lá onde o horizonte se perde, uma das rezadeiras avistou a luz do gaiola. Como se fora uma aparição. Madalena levantou as mãos para o céu e derramou um pranto de alívio. O barco aportou sob a algazarra de preces e exaltações.

Orellana desceu, correu na direção de Madalena, contornou seu corpo e derramou as lágrimas doces do Amazonas. Diante do extraordinário, o padre fez o sinal da cruz, portou-se de pé e alinhou o hábito. Todos se ergueram e voltaram aos seus afazeres. Conta a lenda que naquele acanhado vilarejo, no calar da noite, ainda se escutam lamentos de dor.

À espera da remissão de amores que permanecem no cais.

O cavalo da noite

Deitou-se cedo. Na dita hora em que o buraco se abria na barriga. Deviam ter avisado, desde as primeiras estórias, que gente grande se perde no vazio. A escuta de vozes e o barulho de gestos acordados preenchiam o escuro. Nem chá de cidreira, nem a bendição da reza, muito menos a ameaça de castigo faziam a menina adormecer. A mãe trouxe até uma moça do sertão para acompanhar as noites insones de Carolina. E rogou à criatura que desse um jeito de a filha deixar a casa dormir.

Maria Maluca, como era chamada por todos, foi a responsável por parte da estranheza que a menina experimentava nos finais do dia. Imagina ter que aguardar todas as noites por um homem montado a cavalo, trazendo o número do jogo do bicho escrito na testa? Maria dizia que gente inocente é que servia para receber recados de Deus ou do Diabo. Por anos seguidos, Carolina aguardou encolhida a visita do desconhecido.

O apego à repetição parecia dar mais vida ao fantasma. Pensou — alguma coisa precisa mudar. Em uma noite de pouco sono, vestiu a camisola de seda que ganhou da madrinha, tomou entre as mãos um livro de Mia Couto e embromou a hora do medo. Afinal de contas, já fazia mais de vinte anos que o cavaleiro ameaçava aparição. O sinal das linhas era traçado "na berma de nenhuma estrada" — *quem amamos nasce antes de haver o tempo.* Soltou o livro, com os olhos marejados, imóvel diante da interminável espera do homem que ameaça e não vem. Foi compondo, junto com a descrição de Maluca, os traços do visitante ausente: camisa aberta até a cintura, a mão firme no cabresto, a ligeireza no trote do cavalo e o olhar de bicho fosforescendo no escuro.

Na varredura do imaginário, Carolina alcançou as mãos do vaqueiro. Parou, arrumou o corpo com firmeza e de soslaio percebeu que ele carregava no dedo médio um anel de madrepérola. Trouxe para o rosto um riso de formosura. E se o anel fosse uma prenda que o cavaleiro guardara na interminável viagem? Deitada é que não ficaria mais. Foi até o espelho e viu que sequer penteara os cabelos. Havia também a palidez das virgens e luzes apagadas nos vãos do corpo.

Decidida, a moça atirou as vestes e abriu as janelas. O corpo é máquina de alterar senha, de criar códigos. O homem podia vir com o bicho escrito na testa, podia vir. Ela aceitaria os desígnios de Maria. Nua como convém a uma mulher que já visita aquele que há muito espera. Fechou os olhos, deixou vir. Sentiu os galopes do cavaleiro rasgando o emaranhado das matas não brocadas. Ainda era floresta. Suportou a ventania nas portas e o clarão das janelas abertas. Maria Maluca havia plantado a chave do enigma — para dormir é preciso estar acordada. Quando o dia amanheceu, fez sua fé no jogo do bicho. Tinha enxergado dois "um" estampados na testa do cavaleiro, foi então que indagou ao senhor da banquinha — que bicho é esse? O homem respondeu — é cavalo.

Marluce e o Delta

Um olhar pode alterar o rumo das coisas. Uma interdição mais ainda. Ela entrou na embarcação e procurou um local fora do alcance do sol. De pronto, armou a rede. Havia tempo em que a vista não alcançava a brancura azulada do delta. A rede era larga, com listras de todas as cores, e nas varandas estava escrito: Marluce. Um presente tem outra textura, outro cheiro, quando o ato de urdir os fios é tecido de afetos.

Por ter levado um tempo que não se conta, o presente de sua avó trouxe o nome de batismo: arco-íris. Dona Branca entregou a rede à neta e foi revelando a intenção do mimo: *para que sua alegria nunca se acanhe*. Marluce guardou o presente, intacto, por vinte anos. Essas escolhas que ocultam verdades. Ao se deitar, os dois nomes bordados nas varandas se destacaram em fios esverdeados.

A decisão de ida a Tutoia seguia a vontade de interromper uma infindável repetição; a de ser uma única mulher em toda a vida. Sim. Muitas de suas conhecidas haviam criado faculdades de se desdobrar, de se safar de um nome talhado para fazer bem. Ser sonsa pode ser tábua de salvação. A vizinha da esquerda dia sim, dia não, garantia seu capítulo particular de novela. Bastava o marido montar a bicicleta de noitinha, paramentado de vigia, que Lindalva se acendia e, como o povo costumava dizer, se ajanelava acenando para os passantes. Já Marluce só tinha tempo de correr atrás das horas que escapavam.

Logo depois do presente da avó, teve seu primeiro filho, seguido de uma leva. O tempo não dava trégua. Passou feito raio. Dois dias antes da data de seu aniversário de quarenta anos, a mulher mirou demoradamente o Parnaíba. Evocou as curvas, as margens entocadas da malha verde do mistério e o encontro com o mar. De olhos marejados, foi tomada pelas palavras da avó e se deu conta de que "arco-íris" estava fora da vista, naufragada no fundo do baú. Abriu seu lugar de lembranças e foi encontrando fragmentos do passado: um bilhete soletrando paixão, a faixa do concurso de miss simpatia, seus primeiros boletins, a miniblusa que deixava seus peitos empinados e a rede aguardando viagem.

Marluce se deu conta dos chacoalhados do barco. Era dezembro, tempo das águas revoltas. Armada próxima à proa, a rede larga dançava. Teve vontade de levantar-se, de misturar-se ao que via, ao cheiro de sal que subia do Parnaíba, o Velho Monge.

Sentou-se na beirinha da rede, balançando as pernas. Abriu no rosto o mesmo sorriso de Lindalva, a vizinha sonsa. O homem da rede ao lado, vendo o indício de assanhamento, perguntou: *teu nome é Marluce, é?* Ela respondeu: não, é arco-íris!

O cavalo sem Teto

O nome dele eu não lembro. Todos o chamavam de Teto. Era filho do dentista da casa ao lado. Eu a filha do chefe da carteira agrícola do Banco do Brasil, que acabara de chegar do Rio de Janeiro. As casas de fachada contínua nos traziam risos, conversas, choros e segredos do lado de lá. Despertava com o tinido da voz de Teto pedindo o leite matinal. Ele era chorão e barulhento.

Eu o conheci, primeiramente, por meio dos sons que atravessavam as paredes. As cadeiras nas calçadas enfileiravam-se nos finais de tarde. Em um dos primeiros, de tantos deles, quando o vento Aracati balançava as cadeiras de vime, pressenti que o veria. A radialista anunciava a próxima música quando a voz do apresentador disse — essa vai como boas-vindas para a família que acaba de chegar. Ouvimos Altemar Dutra, "Sentimental eu sou, eu sou demais, eu sei que sou assim porque assim ela me faz".

O grito da vizinha quebrou o idílio do momento: *esse menino me tira do sério*. Era ele. De calças frouxas e pés descalços, correria desenfreada, um jeito de passar o braço na testa e remover o suor, maçãs do rosto vermelhas, tudo estampava o abismo entre os nossos oito anos. O meu vestido rodado, engomado, me fazia quase estática, uma boneca.

Já ele, montado num cabo de vassoura, percorria a calçada que nem vaqueiro tangendo o gado no mato. Embora recém-chegada, eu ainda não estava ali. Queria a luz elétrica dos parquinhos de Copacabana, o cinema, os passeios de bonde e o mar brincando de molhar os pés. Desconhecia a saga da família, o jorro infinito das vinganças, a linha que se estendia em cada nova morte por pistolagem. O mundo da cidade maravilhosa virou postal.

Ele não quis saber, nem se impressionou com a indiferença, me puxou pela mão e convidou: *tu quer passear no meu cavalo? Te levo na garupa.* Eu podia muito bem ter me lembrado do vestido armadinho no grude, do cabelo de franjinha definida e do sapato passado no verniz, com meia bordada. Podia ter permanecido elegantemente menina, assentada. Algumas cenas rascunham destinos. Olhei para o vaqueiro bem pousado no pau de vassoura, vi o gosto de aventura do cavalo sem cela e imaginei ganhar velocidade. Os olhos verdes de Teto, de bicho solto, bicho do mato, bicho tinhoso, me fizeram correr léguas no dorso do animal. Tornei-me a namorada do vaqueiro. Tempos depois, num passeio de Jipe, nas trilhas incertas do sertão, meu pai na direção, as crianças na parte traseira, ele passou as mãos por detrás das minhas costas. Me tocou levemente e perguntou baixinho — *quer casar comigo?* Sacramentamos o noivado entre a poeira e o bambolear do carro nos terrenos pedregosos.

Quando o pipoqueiro de Russas passava e anunciava — pipoca mineral de água e sal, ele corria em minha direção. Corria para evitar que a minha fome de novidade adiasse nossos planos. Armava um olhar grave e dizia: *lembra? Vamos guardar dinheiro para o nosso casamento*. Foram cinco anos. Durante todo esse tempo o filho do dentista apenas entrelaçou dedos com dedos. Derramou seu olhar em correnteza sobre os meus olhos ávidos e atrapalhados.

Teto me conduziu em seu animal indomável, aprendi a me deixar levar. Banhava meus pés de água de quartinha, que dizia ser sagrada e que aquilo faria eterno nosso amor. Um dia, fui embora a galope. O coração descompassado a imaginar a emoção da mudança para a capital. Dividimos o dinheiro do casamento num final de tarde chuvoso. Na *radiadora* tocava Rita Pavone. Eu dançava rebolando de um lado para o outro no palco da calçada, indo até o chão.

Ele sabia do que eu era capaz, sempre soube, e carrego essa intenção. Quando você me vê, pode ainda enxergar um cavalo em disparada. Da minha parte sigo entre zonas, mar e sertão. Nem sentimental, muito menos indiferente. Apenas deslocada do lugar a que nunca cheguei.

Storms

Você volta. O amor é um mantra. Você sempre volta. Lembra quando te vi no Café Ritz? Um lápis escuro tracejava teus olhos pequenos. Você havia acabado de descer do palco. Acho lindo homem que toca baixo. Dançamos uma canção de Elvis. Eu sussurrava no teu ouvido: *when the storms of life are raging stand by me*. Roçava meu rosto nos teus cachos que refletiam luz. Sem pressa. É do desejo fazer durar. Que mal havia? Tínhamos 13 anos cada um e só queríamos suspender a madrugada insólita da passagem para o século.

Havia ainda o abismo dos vinte anos que nos separam. Entre nós é sempre fusão e longitude, o dissolver-se entre cheiros e o açodamento do olhar a imaginar rotas de fuga. Eu ria ao teu lado. E talvez fosse esse teu fetiche, um jeito de encenar o improvável. Você vestia minhas saias e brincava dizendo que era um macaquinho. Pulava, pulava, agachado, levantava a veste, sem nada por baixo, até roubar meu riso mais bobo. Vez por outra, imitava uma voz estranha e dizia ter incorporado uma entidade, sofisticava o personagem, até eu me arrepiar de medo e implorar para você voltar. Foi sempre assim.

Rimbaud escreveu algo em nossa direção: "era tão forte que podia ser doce". Podia. Mas não. O número 20 é um sinal. Nesses tempos de pandemia, você veio. Me disse com a cara deslavada — *eu nunca fui embora da minha terra, porque minha terra não é feita de chão, é feita de ar, e o ar tem a tua forma. Onde eu respiro, te respiro.* De um ponto do mapa situado ao Sul, o WhatsApp me traz tua imagem no vídeo, tocando e cantando ao piano — *love is real, real is love.* Na hora só pude pensar: sacanagem!

Das tantas idas e voltas, em quase vinte anos, quando você se deita sobre mim, me vejo. Acho que o amor é um reconhecimento corporal. Um relicário. Na última canção, de cabelos revoltos, costeletas compridas, cavanhaque traspassando o queixo, agasalhado para o frio do Sul, de olhos vidrados em minha direção, ouvi *you want her, you need her, and yet you don't believe her, when she says her love is dead, you think she needs you.* As lágrimas desceram desse lugar onde estamos sós, tão sós. Escutei, no compasso da canção, ele não me deixa ir. Tentando camuflar o que é raro, te disse: *homem, larga de ser bonito.* Saí dali como quem foge sem dar a mínima. Fiz vibrar em silêncio o mantra, você volta, sempre volta. E me faz sofrer.

Entre meus dedos continua a escoar esse líquido informe que somos nós dois. Sei que não há onde eu possa me abrigar. Não estarei imune. Ontem, para completar, você me disse que pegaria um avião, quando tudo estivesse seguro, e viria me ver. Seguro? Bebi uma taça cheia de papa-figos e entoei um não. Na minha cara estava escrito vem. Sim, volta, sempre.

Urutau

Adiantaria dizer que me faltam frases? O bosque fica aquietado no meio da tarde. Logo, seremos tomados pelo frenesi do Trem da Alegria, apinhado de figuras de histórias infantis. Da última vez, vi uma criança aos prantos diante do Cascão. Ninguém contou que a fantasia é apenas um jeito de escapar das horas. Eu te perdi entre incontáveis personagens. Disse adeus em uma sílaba, lembra? Você pediu para eu soletrar.

Que belo cenário de despedida! O playground é apenas um disfarce para o engasgo do fim. Fiz o convite. Brincar de gangorra exige equilíbrio entre proporções. Elevada, vi teu corpo rente ao chão, suspendendo a vontade de partir. Vi também a fita azul dos três pedidos ainda presa ao teu pulso. Fechei os olhos e firmei cada desejo enquanto você entrelaçava os nós. Naquele mesmo dia soube que não havia sinestesia entre nossos signos. Teu ascendente fixa a terra demarcada. O meu flutua.

Você sabia que nessa área verde de preservação os pássaros apreendidos em cativeiro são libertados? De cima da gangorra sigo o bater das asas de uma ave. Alguém solta seu nome. O urutau se camufla diante dos galhos de um carvalho. Seria capaz de seguir os movimentos de voo do pássaro e me esquecer do risco de te lançar do alto. Distraído, você nem reparou. A minha fita da sorte há muito se partiu. Confundi e ainda confundo pedidos. O primeiro era o de viajar de motorhome por tempo indefinido. Talvez fosse vontade de ficar.

Acabou de passar entre nós o Cebolinha, seguido por crianças de todas as cores. O trem parou na estação. A nossa diferença se alinhava desde os primeiros laços. Nenhuma promessa tua fica esquecida. Você tem a aptidão de repetir sábios presságios na ponta da língua. Meu ascendente brinca de esquecer. O vaivém da gangorra torna um só corpo dois pesos em rota de fuga.

O urutau fixa o olhar. Alguém disse que ele pode ficar imóvel por um dia inteiro e não se assustar com qualquer ruído. Nós, não, aves frágeis. Se eu pedir para descer, pode agravar tua gana de nos reter. As pernas formigam e doem. Haveria no bosque um canto de coragem? É a hora. O movimento inaudível dos lábios repete A-deus. Todo fim é um estrondo. É tarde. A ave se desloca até um pé de tamarindo. Tirado o peso do meu, teu corpo se assenta no parque. Tirado o peso do teu, meu corpo se fixa na ave.

Até hoje corro daquele dia. Desvio os olhos da gangorra esvaziada. Já não sei brincar de subir e descer. Eu e o urutau, estáticos, e com ímpetos de arribação. Restou do bosque um grito que vez por outra me salva. Não temer as distâncias. Talvez seja esse meu último pedido.

Pirólise

O medo é uma forma de zombar da razão.

Rajadas de vento sacudiam a cabine. Em meio à turbulência, tuas mãos tocavam as minhas. Nossas pernas se apertavam enquanto os trovões rugiam. Altas eram as ondas, e frágil a embarcação. Nenhum de nós soube nadar.

Em uma pancada violenta do mar, fui lançada distante do barco. Embora você me segredasse nós-dois-para-sempre, aportei. Faroleira de uma ilha erma. Vez por outra o vendedor de boias que percorre a orla zomba das histórias que leio em voz alta. Carrego a tolice típica dos sobreviventes. Inexata ao falar do homem que o mar trouxe e carregou.

Tracei um mapa de possíveis futuros naufrágios. Algumas pessoas que perderam qualquer coisa no mar, ou temem perder, procuram-me para ler prenúncios do tempo. Há sempre o risco de o temporal chegar sem vestígio, mesmo que a luz do farol emita sinais para viajantes de todas as partes.

Por vezes, o oceano se enche de agitação e inunda de frio o lugar. Rosamira, rezadeira do vale do Jaguaribe, me ensinou a retirar do mato galhos de rápida combustão. Cuidadosamente, aqueço fragmentos de madeira. Um desses nomes bonitos que se aprendem na escola — pirólise —, decomposição que ocorre pela ação de altas temperaturas.

Levo tempo a colher pedaços de coisas extraviadas. Mesmo assim não me livro das inundações. Sou salva pelas palavras que tu repetias enquanto o vento rugia. Voltarei sempre. Voltarei sempre. O corpo é estuário da memória, não esquece nem desiste.

Não sei dizer em que momento a tempestade te arrastou de volta aos musgos, pedras e gritos sem eco. Entre meus dedos permanecem fios de teus cabelos. Náufragos de mim. Na parede da minha pele em brasa, está escrito — amor, essa matéria orgânica decomposta por moléculas em combustão.

Comme la vague

Era por volta das oito da noite quando o mundo acabou. Após o último espasmo, Maria viu uma luz cruzar a janela e cobrir de prata seus olhos. Amendoados, escorridos como melaço de cana recém-saído da caldeira. Uma espécie de malícia escapulia dos gestos. E havia outros sinais. Os brinquedos ganhavam poeira nas prateleiras, e vez por outra a menina trocava os nomes das bonecas. O mundo não acaba sem que seja removido um ponto qualquer de sustentação.

A vaidade ocupava os espelhos da casa. Os cabelos suspendiam-se arredios tomando a forma de algas enleadas em pequenos fios. As pernas embalavam o desencaixe contínuo de se erguer, cruzando e descruzando uma da outra. Um pedaço de lábio era seguidamente mordido, enquanto a língua lambia a saliva. Naquele dia, não havia mais ninguém no quarto trancado em duas voltas de chave. Apenas o ruído da voz rouca de Gainsbourg no vinil arranhado, seguido dos gemidos de Jane Birkin. *Je vais je vais et je viens, entre mes reins, et je te rejoins.*

Na última tertúlia, sob o vermelho da luz negra, as mãos dela enlaçaram seu par até o pescoço. O corpo seguia a onda quente da canção, *je t'aime, je t'aime moi non plus*. A festa arrastou-se por entre os dias. No escuro do pequeno cômodo, o movimento das pernas prosseguiu a dança. Entre soltar e apertar até alcançar o ponto em que o nome, a condição de menina se arrebenta em gritos abafados pelo travesseiro.

Os ponteiros do relógio deviam marcar umas vinte horas. Todos na casa assistiam a *Selva de Pedra*. Fora do quarto, a novela tocava *Rock and roll lullaby*. Por tal lembrança, Maria recorda com nitidez o horário em que o mundo parou e a sensação do suor quente a queimar a pele. Até o ponto em que o gozo explode.

Depois de tantas vezes, a menina considerou que seria objeto de estudo por sua descoberta solitária. Chegou a cogitar se tal feito atrairia a curiosidade de cientistas, e se daria uma matéria no *Fantástico*. Foi quando a mãe bradou diante da porta: essa menina morreu ou o mundo acabou? Maria respondeu: morri, mas já passou.

Criolina e Buiú

Buiú, um delirante morador de rua, fazia do corpo guarda--roupa. Dobraduras de vestes de todos os tipos sobrepunham--se. Não se sabe quantas calças, camisas e bugigangas trancava sobre si. Carregava tudo o que possuía e acreditava, desse modo, protegê-las, conservá-las. Ninguém até hoje sabe dizer quem esconde o quê, se as roupas cobrem o corpo ou se o próprio corpo envolve os pertences.

Um dia perdido no tempo de vagar, me falou do seu cansaço, do seu frio-vestido, do desgosto que carrega dia após dia. *Sabia que isso pesa? Melhor ser vagabundo, que nem tem nada, que num tá nem vendo*, me dizia o homem guarda-roupa. Banho era aqui, acolá, poder se enxergar era quase nunca. Ficava entre volume de panos, ausente de si.

Ela era chamada Criolina, andava cheia de latas e nesse baticum anunciava de longe sua presença. Quando o alarido soava alto, amontoava-se em torno dela um punhado de olhares. Era então chegada a hora: ela levantava a saia e se mostrava como veio ao mundo. A rua ficava em rebuliço: *que pouca vergonha!* Tudo que se dava a ela, como calçados, vestidos, calcinhas e até absorventes, era lançado ao chão, propositalmente. O sangue escorria por todos os cantos, mês a mês. Ficava o vermelho estampado nos lugares por onde passava. Ria muito, cantava alto e dançava rodopiando em música. Por vezes, era tomada de um choro-rasgo, em golfadas de sentimentos estridentes, falados em dialeto mesclado de bicho e gente. Nua, Criolina seguia excedida de si.

Em um dia especialmente nítido, encontraram-se. Criolina, logo que olhou o homem guarda-roupa, pôde ver para além das dobras, cascas, folhas, tecidos e texturas que o envolviam. Sua vista o alcançou antes de ele especular qualquer coisa e de se vestir de vigília. Esparramada e abundante, ela tomou a mão dele e percebeu seu desassossego, o seu temor de, mais uma vez, confirmar a ausência daquilo que se travou feito pedra. Os olhos da mulher derramaram-se. Se já havia perdido tudo, por ter sabido desde sempre que sua condição é de nudez, Criolina poderia sim tomar a mão do homem. Poderia também, ao seu lado, fazer ressoar a algazarra das latas e vestir-se de nada.

Assim fez. Permaneceram os dois sentados e circundados por uma privação que tudo diz. Matéria feita de palavras que saltam como ventríloquas. Ela, a mulher das latas, desajeitada, pressente o desassossego. Dois loucos quando se encontram podem fazer um conluio para escapar dos nomes, das prisões dos fármacos, dos ritos da normalidade.

Criolina se levanta. Mais uma vez ergue a saia de panos rotos até o pescoço. Pede para a mulher que escreve um lugar além do grito. Precisa falar. Busca um atalho para a vida desnuda. Um lugar para o fantasma que permanece, sem travessia. Escuto. Entre meus dedos, os seus guiam letras descarrilhadas. A mulher narra sua história. Liberta no delírio a existência de uma gente que nem se ouve, nem se vê.

Sou doida não. Tô na rua porque nos abrigo eles querem meu corpo pra remédio. Num vivi a vida toda na rua não. Já trabalhei nas casa. Os patrão era ruim pra mim sem eu fazer nada. Lavava tudo, passava o pano, deixava tudo limpinho, empregada é assim né? O véio era muito doente, vivia com entalo, teve enfasto. Remédio bom pra enfasto é raspar uma banana bem fininha, e acaba o enfasto, é capaz até de engordar. A mulher tinha ciúme do pobe do véio, o véio doente. A mulher briga com a gente. Eu tava inocente, não foi por nada, saiu correndo na casa atrás de mim com a colher de pau e disse: vai embora e suma da frente. Todo mundo tem abuso das empregadas, né? Mas bater? Sumi até hoje. Tem uma coisa que não falei e num falo, vim pra rua por perversidade, por ruindade. Não sei ler nem escrever. Meu penso é torto. Esse galhinho de flor no meu cabelo espanta mau-olhado. Quando encontrei o Buiú, sabia que alguém tinha mandado ele correr também dos canto. Ninguém queria mais ele. Tem gente que quer tirar ele de mim. Faz tempo, ele nem fala mais. Fechou a fala pra sempre. Vez por outra me estranha, solta minha mão e pega o rumo da rua, sozinho. Nessa hora, balanço tudo que carrego e digo, pro povo que passar ouvir mesmo — vai se foder, caralho, te quero, Buiú.

Um carro passa diante da calçada, diminui a marcha, e alguém de dentro do automóvel grita — *dois doidos juntos!* Guardado, vestido sobre Criolina, o homem sequer se mexe. Ela, movida de repentina doçura, fixa os olhos do passante e lança um quebranto: *que você, um louco só, tão só, seja pelo menos um dia abraçado por latas, andrajos, odor, sangue e desrazão.*

A espinhela caída

Raquel perguntou — o que é um desassossego subindo pelas pernas, apertando o estômago, desenfreando o coração? A avó mirou os olhos agitados da menina-virando-moça e respondeu sem a menor ponta de dúvida — é espinhela caída. Um nome, mesmo que não se saiba o que significa, pode ajeitar as coisas. Se a avó disse, deve ser isso e pronto.

Faltavam apenas cinco dias para seu aniversário de dezesseis anos e apenas três para a chegada do primo que vinha do Rio de Janeiro. Raquel calculava cada fração do tempo. Havia se passado um ano, dois dias, dezesseis horas e alguns minutos desde o momento em que esse negócio sem nome, que avó batizou de espinhela, deu seu primeiro sinal. Cada respiro profundo trazia a sensação de rasgadura, de uma dor que não era dor.

Tudo começou nas férias, sob o olhar atento do primo estudante de Medicina. No período anterior da ida ao Rio, a menina ainda era magrela, *desenchavida*, como se costuma dizer no sertão. Não queria sair, só queria mesmo passear de bicicleta na Praia do Zumbi e explorar alguns recantos da Ilha do Governador. Vez por outra, se chateava e engolia o choro com as constantes provocações dos parentes do Sul. Diante de qualquer visão do esplendor da cidade maravilhosa, como o Cristo Redentor, a avenida Atlântica, um prédio de muitos andares, as calçadas de Copacabana, eles cantarolavam em ritmo de fanfarra o trecho da famosa canção de Luiz Gonzaga: *no Ceará não tem disso não, tem disso não, tem disso não.*

A prima do Nordeste atravessou nas poltronas do Expresso de Luxo extensos trechos de serra e sertão para chegar ao Rio. Era o presente dos seus recém-completados quinze anos. A ansiedade corria a galope. Já haviam se passado dois anos de suas primeiras férias no Sul. A programação no Rio incluía muitos passeios e pequenas viagens. Iria a Paquetá, subiria a serra de Petrópolis, tomaria banho de mar no Recreio dos Bandeirantes, conheceria muita gente da família.

Para a primeira subida de Raquel ao Pão de Açúcar, a avó convidou primos e amigos. Um deles, um senhor alto, de óculos de aros largos, calvo e elegante, com ralos fios de cabelos brancos, disse orgulhoso ter feito parte do grupo musical que acompanhava Carmen Miranda, o Bando da Lua. Outro convidado passou um cartão de visita em que tinha escrito Joe Carioca, era ele o inspirador da criação do personagem de Walt Disney, o Zé. Além da primeira visão da Baía de Guanabara, a moça teria muitas histórias para contar.

E para quem está se perguntando qual o nexo disso tudo com o despontar da tal espinhela caída, se teria sido ela provocada pela emoção da subida em suspensão no bondinho, pela visão do Cristo ou pelo estupor da paisagem inteira do Rio, cidade onde nascera, adianta-se que não.

Cada viagem tatua na memória uma canção. O vozeirão de Milton Nascimento, no pequeno aparelho de fita cassete, foi sua companhia no ônibus leito, fazendo Raquel rebobinar a fita incontáveis vezes. *Éh vida, vida, que amor brincadeira, à vera. Eles se amaram de qualquer maneira.* O imaginário é antessala. Desde a viagem se podia ver as paisagens que a menina mais ansiava conhecer. A lembrança do primo era o mais nítido postal.

Ao chegar para a nova temporada das férias, em um julho escaldante, os banhos de mar serviam-lhe como salvação para os quase quarenta graus. Era intensa a programação. Para visitar a tia-avó em Olaria, Raquel escolheu um vestidinho de algodão de florezinhas coloridas, de modelo acinturado, decotado e com uma fita do mesmo tecido amarrado no pescoço. Devido aos banhos diários na praia de Copacabana, os tios já se referiam à sobrinha vinda de fora com o codinome moreninha. Na chegada à casa da tia, na pequena vila do subúrbio que servia de moradia a vários membros da família, deu-se um burburinho: *como essa menina cresceu, como tá bonita, parece a mãe, tá com jeito de carioca* (não tinha a menor ideia do que isso queria dizer), *tá uma moça*. Distante, ao lado de uma janela, o tal primo lia um jornal sem se ater, ou sem se importar com a entrada da visitante.

Todos se dirigiram ao jardim. A lembrança das dálias abertas em pétalas violetas, dos bulgaris branquinhos, de um pote jorrando água cristalina das mãos de uma estátua de divindade se fez ver em formas e cores. Calculando mal, a visitante caminha na areia, fora dos revestimentos de pedra que ladrilham o jardim, e grita um aiiiiiiii. O urro faz cair a protetora página de jornal, e o primo se levanta. Seria essa a cena inaugural? O furo disparador de um pequeno graveto? O primo segura a mão da moça, arruma duas cadeiras, uma defronte da outra, e diz — senta e coloca o pé ferido aqui na minha perna. A menina se estica inteira sobre a vista do rapaz, até alcançar sua calça branca. Enxuga o suor do rosto, passa as mãos molhadas por sobre o vestido, remove um pouco da areia do pé e diz: *é bem aqui.* Os olhos do primo, pela primeira vez, se demoram. Ela escuta um breve disparo. Entrega-se ao tempo necessário para que ele remova o pequeno filete de madeira aninhado no dorso do pé. Deixa-se ficar entre minutos que se movem tinindo, descarrilhados das horas.

Já o tempo da espinhela é espiralado, nem reto, nem sucessivo. Elastece-se na zona nebulosa do querer e não saber. Agora, o destino é outro. É ele, o homem, que se desloca. Faltam apenas três dias, três horas e alguns minutos para que o primo chegue de férias ao Ceará. A moça conduz o tempo da espera. Já não importa o nome do aperto que faz ranger a boca do estômago. Ela guiará suas mãos. Há de chover. Será outra a estrofe da mesma canção. *E qualquer pinguinho de chuva fazer uma inundação. Moça se vestir de cobra e dizer que é distração.*

O tiro

Sentou-se na sala. Lugar dos eventos raros e dos visitantes notáveis. Benedito do Feiticeiro em nada se assemelhava aos homens de ternos impecáveis e sapatos lustrosos que, de quando em vez, abancavam-se na sala de estar. Ele vinha de um povoado com esse nome e que parece ter lhe caído muito bem.

O visitante da tarde vestia terno de linho azul surrado, portava um cinto com pelos de animal e chapéu de tipo sertanejo, com alto-relevo nas abas e adornado com seis signos de Salomão, como o do cangaceiro famoso. Tinha um lenço avermelhado no pescoço, sustentado por argolas de couro. Uma visão que parecia de filme ou de algum personagem que fugira das páginas de livros de aventura. Isso porque nos idos de 1970 a metrópole já era lugar de progresso. Benedito era de outro mundo.

Na casa, todos foram avisados que não se aproximassem do visitante. O final da ressalva vinha num tom quase inaudível: muuuuito perigoso. Procurado pela polícia, perseguido pelos inimigos. Para quê? Foi como dizer: menina, fica de tocaia. Bem perto dos postigos do quarto de casal, espreitei a chegada do homem. Perigoso. Aquilo ficou ressoando como um estampido de tiro durante a semana que precedera sua vinda.

Parecia um conluio entre a vontade de ganhar o mundo e ser ali, mesmo na sala, atravessada por um choque animador.

O homem do Feiticeiro seguiu em passos calmos o jardim antes de abancar-se na poltrona do canto direito. Tinha ares de animal atravessando a mata. Olhos duros de presa que engana armadilha. Carregava dois punhais e uma cartucheira enfileirada de balas. Cada uma delas aumentava o ritmo do meu cerco. Segui-o até a sala e me pus por detrás da cortina. Imóvel, como convém a uma mulher diante do risco.

Na espera do dono da casa, ele foi acreditando-se seguro e baixando a guarda. Eu permanecia na emboscada, sem mexer um dedo. Vi o revólver descansando na mesa de centro, ao lado de uma estátua alva da Vênus de Milo. Pensei: *é agora*. Eu caçadora, ele a presa. Benedito cantarolou o "cheiro da Carolina" e repeti para mim mesma: é agora. De mansinho, me arrastei para além da cortina, alcancei a arma e dei um único tiro em direção ao teto da sala. Benedito correu sem rumo certo. E não se soube mais dele.

Permaneci atônita, a casa também. A menina boazinha dissolveu-se numa única bala. Tinha treze anos. Seus olhos não dormiram mais fora da vigília. A cena prosseguiu em cada ato arriscado de esquivar o desejo entre punhais e gatilhos. Entre homens armados e outros que chegam desavisados. Poucos sabem dos riscos. Perigosa. Aço e pólvora têm gosto de sangue e aventura. Não importa se diante da mata ou da sala de visitas. O tiro vem de onde menos se espera. Inimigo mesmo é o silêncio. E disso Benedito não sabia.

O lamento de Marília, que também é Ismália

Quando Ismália enlouqueceu,
pôs-se na torre a sonhar,
viu uma lua no céu,
viu outra lua no mar.
ALPHONSUS DE GUIMARÃES

Dez minutos foram suficientes. Esse absurdo cálculo dos instantes. Ela olhou o relógio assim que entrou na estação. O próximo trem logo apitaria e anunciaria o fim ou a libertação da espera. Marília não arredaria. Nem a alcunha de louca da torre, nem as janelas fechadas impedindo passagem, nem o pressentimento de abismos a fariam desistir.

Quando Dirceu, o pastor, na voz do poeta da Inconfidência, se foi, carregou consigo os versos que, todos os dias, batiam à porta da mulher amada. A hora era aguardada. Marília se enfeitava, banhava-se com água de colônia, mirava-se no espelho toucador de madeira centenária e escovava suas longas madeixas. Muitos seriam capazes de jurar que havia uma alquimia nos versos que recebia. Ela entreabria o papel, suavemente passava a língua na resina do envelope dobrado e se punha a mastigar letras fartas de paixão.

Quem acompanhava o farfalhar de suas longas saias subindo e descendo ladeiras via o desassossego, os traços de desvario no falar e responder sozinha. Os passantes entreolhavam-se, riam com ironia e sussurravam — louca. Ela nunca se importou com nomes que definem a natureza de coisas que ainda gaguejam sem forma. Nem com os mexericos ou olhares maldosos. Seu estado gasoso, etéreo, criava uma astuciosa distância das matérias cotidianas. Loucura é um paiol de palavras em estado de explosão. Ela sabia disso.

Na hora anunciada da saída do comboio, Marília se despenteia. Seu homem partiria sem poema de despedida. No alto da estação, letreiros marrons, em alto-relevo, indicavam o primeiro destino do viajante — Mariana. Nos minutos da partida, ela ainda imaginou que ele saltaria do trem e tomaria suas mãos cansadas de apertar dedo por dedo, de esmagar entre as unhas fragmentos de urgência.

Haviam se passado dez minutos, e o último vagão era apenas um vulto movendo-se entre pó e fumaça. Marília ajuntou os fios, trançou os cabelos dourados e se deitou no banco de madeira ao lado do trilho. Naquele dia, o rugir da Maria-Fumaça continuou zunindo vibrações de um som que não cessava. Ondas de *tinnittus* desceram do cérebro da mulher-que-espera para orifícios crispados pelo abandono, a pele. Fez-se deserto o lugar. Nenhum vestígio da encantada lira, apenas a angústia de amantes encarcerados em seus corpos livres. Acorrentados à beleza de luz apagada, sem tempo de memória.

O pastor Dirceu perdeu o cajado. Já o poeta cruzou a África. Preso em Moçambique, o inconfidente escreveu trancafiado seus últimos versos. As liras finais são lamentos de tristeza e saudade. Dizem que se casou com a filha de um mercador de escravos. O que não muda a desordem das coisas. Marília continua viva e louca. O poema de Tomás Antônio Gonzaga atravessou séculos.

Quem fala é o homem, o poeta, na voz de Dirceu. Marília permanece imóvel, silenciada nas oitenta liras, nos treze sonetos e refrões: *o próprio Deus da Guerra desumano não viveu de amor ileso*. O poema escorre traçando uma Marília bela, meiga, recatada, pura, virginal. Seria isso que chamam loucura, uma voz que não grita em versos?

Para Marílias, Ismálias, eu, você e outras mulheres silenciadas, enlouquecidas nos versos de homens, que falam a voz delas.

Lugar nenhum

Virou a esquina, e a vista turvou. Nada mais parecia familiar. A cidade que percorria há poucos minutos havia embaralhado fachadas, invertido o contorno das vias, criado uma atmosfera de filme de fim de mundo. Com uma diferença: já havia sido reconstituída a paisagem. Pensou que a loucura deve dar seus primeiros sinais quando o olhar é amigo da imaginação.

Andou uns cem metros e aprumou a vista: não havia mais prédios altos, placas indicativas, semáforos, outdoors, muito menos pressa. Tudo transcorria em câmera lenta. Homens e mulheres caminhavam num acordo íntimo entre passo e chão. Vez por outra, alguém interrompia o trajeto e trocava palavras, retribuía acenos. Andar era um ato tátil, generoso. A cidade se tangia de cores que o homem nunca vira. Gentilmente, tentou apalpar o lugar que se movia. Examinou as mãos, ainda nitidamente suas. Viu que um fio invisível interligava velhos, bebês, crianças, gente grande, bicho, coisa e alma do outro mundo. Uma extensiva corrente de energia elétrica atravessava tudo, não havia existência separada. Ninguém era mais só um.

Uma mão, embora distante da outra, continha impressões digitais mútuas. Um corpo se acendia na presença do outro.

Cada um, nota de uma mesma melodia. Podia a cidade ter alcançado a condição de música? De uma polifonia embaraçada e ao mesmo tempo sublime? Talvez, refletiu, o homem já tivesse feito a passagem e estaria em outro plano. Foi então examinando braços, mãos, os pelos do corpo, dedo por dedo, fios de cabelo e, a cada toque, inundava-se de um cântico de descoberta. Um impulso nascente, rasgo de sol no alvorecer, calor invadindo suas cansadas retinas.

Não era mais um imerso na escuridão. Costumava dizer: *eu só sei do perigo quando levo um tiro no peito*. Diante de uma cidade que afaga, sussurra segredos no ouvido, desliza suavemente a língua, o homem perde a guarda. Pendura a armadura já cansada. À sua frente, numa grande tela, se projeta a dor da primeira queda de bicicleta, do costumeiro riso de sua gulodice escancarada, do usual sarcasmo diante de seus óculos fundo de garrafa amarrados num barbante gasto e frágil. Vê com a extensão da pele. Não há mais jeito de ele ficar longe do que sente, do que se sente.

Subitamente, é tomado por um lampejo de amor-ternura diante de vidas apagadas, adiadas, matadas, pisadas, retesadas em gritos eternamente contidos. O homem, o funâmbulo, cruza a linha de sentimentos em rota contínua de colisão. Entrelaçada à sua mão, dedo bordando dedo, cheiro exalando cheiro, vê a imagem dela. Não há mais como dissimular o que sempre esteve ali. Em alto-relevo. Figura e fundo. Avesso e direito se misturam. A distopia ganha forma, nome bonito que talvez caiba aqui.

O embaralho

Olha o relógio e percebe as horas congeladas nos ponteiros. Cinco-e-quinze. E se aquilo fosse a morte, o congelamento cruel do tempo? A cafeteira deixa subir um vapor constante. Um homem dado como louco permanece avizinhado de sua janela dizendo impropérios sobre a mulher que lhe passou um chifre com o melhor amigo. *Só queria meu aposento, nunca me quis.* Uma espécie de bruma se interpõe entre seu birô e o recinto. Experimenta. O corpo se move, ela ainda está viva. Tudo dói como se antes estivesse estática, travada nos gestos. Talvez seja a curva dos sessenta anos. Ou seriam sinais de enleados contornos de si mesma?

Raquel acaricia os cabelos, desregra os fios. Vontade é de embaraçar tudo, desalinhar-se, desfigurar-se, descer do salto, tirar o blazer. Se ninguém escutasse, soltaria um grito, estilhaçaria a espessura larga do espelho que sustenta o congelamento das horas. Lembra que aguarda a próxima agenda, faz um coque e prende o desalinho. A pauta é população de rua.

Raquel sou eu. Uma tentando escapar da outra.

Uma vez leu que os ouvidos não têm pálpebras. Sim, Décio, o poeta, o escritor, o publicitário, o ator, o ensaísta, o tradutor, o dramaturgo, o concretista, foi um em muitos. Estamos as duas sentadas diante do tempo que não passa. Apartadas de outras possibilidades, desistidas de amanhãs. Nenhuma sonoridade amolece os corpos, nem a batida do sino que repica as horas. Seu assessor abre a porta e lembra a reunião no outro dia com o secretário de Finanças, o orçamento precisa ser executado até o final do ano. Vindo da paróquia ao lado, um som de orquestra invade a sala. Uma cantata de Vivaldi rompe o empertigado das horas. Havia escutado antes esse *Allegro*? A música desloca a mulher do tempo que se embaralha no mesmo.

Toca o rosto e enxerga *o fantasma de Canterville* nos olhos fixos de Wilde. O fantasma aterrorizado por moradores que invadem o próprio lugar que assombrava. Fácil deduzir. Quer correr do espanto de ser ela mesma o fantasma. A mulher que assina documentos. Ela, designada para salvar da vida nua os esquecidos nas zonas de indiferença. A secretária de Direitos Humanos. O relógio do Coração de Jesus ainda marca cinco-e-quinze. O espelho d'água do Lago do Amor vai se apagando na Cidade da Criança. Ainda faltam duas pilhas de documentos e um processo de licitação da compra de ovos com menor preço para conter a fome dos famintos.

Coça aqui e acolá. Uma breve dormência se espalha da ponta dos pés à cabeça. Havia sangue o suficiente? *L'Amoroso* vai pisando sutil. A música de Vivaldi, o padre vermelho, atravessa a janela da sala e faz encolher a pilha de documentos. Falta apenas assinar a liberação dos vales-transportes. Um aroma de sândalo, o mesmo que havia experimentado na

Catedral de Santiago, ativa o olfato. O relógio marca a hora que permanece. Cinco-e-quinze.

A mulher olha as mãos. Observa algumas linhas rabiscadas nas palmas. Deve ter sido da tinta das canetas que sempre deixam o azul nos dedos. Outra licitação de produtos de menor preço. A última assinatura só pode ser feita com o carimbo para ter força jurídica. Maldita burocracia. Queria mesmo era estar escrevendo coisas que não servem para explicar, nem pretendem mudar o mundo. Talvez por isso pescar fosse tão bom. A isca podia trazer um peixe de qualquer tamanho. Assim como o chamariz de palavras lançadas nas águas da imaginação.

O louco lá fora chora e diz, como quem conta um segredo, o amor congela o tempo. Incrédulo, o homem olha a torre das horas na igreja ao lado e chora. Repete e chora, a hora parou. A hora parou. Contornei o birô, atravessei a porta da casinha azul, desvesti a secretária e descalça fui até onde estava o homem só. Enxerguei o assombro de mútuos fantasmas. Inundada de um pedido alheio de perdão, abracei o corpo cansado.

De olhos arregalados o homem disse: *Severino é minha graça*. O sino repicou mais uma vez. Pude ver, o relógio do Coração de Jesus marcava cinco-e-vinte.

Cecília, Mário e a licença poética

Se não chegas nem pelo sonho, por que insisto em te imaginar?
CECÍLIA MEIRELES

Era cedo, um dia ensolarado de domingo, quando ele cruzou a porta. Não anunciou o nome e muito menos o motivo da visita. Foi entrando e recorrendo a quem lá estivesse: é aqui que vive a poeta? Ozanira, Joana de nascimento, tinha o dever sacramentado de interceptar a entrada de estranhos. Dona Cecília não podia assentar nenhuma linha, dizia a moça com aquele fervilhão de gente atrás de falar com ela. Alguns outros, estranhamente, pediam apenas para mirá-la de longe.

Para chegar à escritora, primeiro tinha que tirar prosa com Ozanira, ganhar simpatia. Era ela a dona do tempo. Sua função era disfarçar as horas. Nada do som de vassouras a remover resíduos, da água da pia na lavagem das louças, do afastar dos móveis na arrumação. Muito menos a entrada de gente do mundo de fora. O agir de cada coisa se voltava para o gesto da escrita.

Tanto fazia se eram os chamados dias úteis ou finais de semana. Na hora que a escritora se sentasse diante da janela, toda a casa apagava a voz. Apenas nos domingos as coisas podiam se afrouxar. Escrever tanto podia vir, como podia faltar. Em uma ocasião Cecília despertou com uma réstia de sol perfurando a brecha da cortina. Imaginou atraso, se lançou fora da cama em sobressalto. Mania eterna de correr atrás de não sei quê, mesmo que o dia desperte em abundância. Viu que era domingo, e, no exato dos ponteiros, o relógio marcava sete da manhã.

Brincadeira de mau gosto, pensou. Aguarda por toda a semana o instante de viver o esticado das horas. E, mais uma vez, desperta exatamente pontual. Ainda deitada se pôs a pensar. O sol é masculino, diferente da lua. Ele rasga o dia insistindo em invadir tudo com luz e calor. Não respeita intimidade. Sem autocensura, a mulher se põe a esbravejar contra o astro e seus inconvenientes raios. Arrogante! Essa foi a palavra mais leve.

De modo esperto, o correr da vida tira um pedaço para em seguida oferecer compensação. O aroma do café preparado gentilmente por Ozanira trouxe lembranças. A fazenda Cachoeirinha, o mugido das vacas no curral, o cheiro forte do esterco, o canto dos chocalhos das vacas. Toalha de linho e, bem ao lado da xícara de Cecília, a tapioca branquinha e amarela, besuntada com manteiga da terra e recheada de queijo coalho. O estômago tem fome de generosidade. Ela toma o primeiro gole de café e sorri. Fora severa com o sol. Afinal de contas, fazer despertar pode ser uma forma de amar.

Esparramou-se no sofá e deixou o tempo passar, sem interferir. Evocou uma palavra pronunciada pela bisavó, que estivera algum tempo em Angola, e havia se perdido nas conversas do dia a dia. Quando alguém amanhecia cabreira, enjoada, a avó dizia: *é calundu, deixa quieta*. Nesse domingo, não. No instante em que o desconhecido rompe o cerco de Ozanira sem apresentar o nome, a poeta já ganhava ternuras. O amolecimento que tange os versos.

Do sofá, vestida com seu penhoar de cetim, escuta a voz que dispensa nome*: aqui vive a poeta?* Cecília se agita, ganha calor, replica: aqui mora a poesia. E você, quem é? Ele fala tentando nada ferir, por saber que transpôs a casa como um raio: *meu nome é Mário.* Conjura no atrevimento apenas dito no lirismo dos versos. Conheço tua timidez, Cecília, não temas: "o luar é a luz do sol que está dormindo". A poeta faz a glosa: "e o milagre das cantigas foi que até seres perversos amanheceram com asas".

Ozanira se retira. Pensativa, chega a acreditar que Dona Cecília escreve coisas no pensamento e elas ganham pernas. Coisas que visitam o sonho de outros poetas.

A banheira: cena breve

A banheira era insuficiente para que as pernas deles permanecessem paralelas. Ele fez um arco, suspendeu-a e arrastou-se suavemente para que os corpos se acomodassem. A água morna, o entorno branco aguardando impulsos quentes, a vela acesa compunham a cena do banho. Jatos gentis lançavam-se em correnteza pelo dorso das costas dela. A mulher dispensou o uso dos olhos. Só água e pele diriam onde ficar, subir, descer, mergulhar. Sentiu pequenas gotas deslizarem por meio da testa, embeberem os cílios até seguirem o destino incerto.

Ontem mesmo fora elogiada pelo seu jeito de olhar de quem promete viagem. Uma moça do salão de beleza jurou que, se fosse dona de uns parecidos, certamente já teria feito muito estrago por aí. Falou com essas palavras e todas as letras: *são cheios de malícia.* Nem sei bem se a moça sabia o que estava a dizer. Voltam à cena os olhos de ressaca de Capitu, a atitude do professor a dizer para quem quisesse ouvir, sobre qualquer coisa de oblíquo, naquele jeito de mirar.

Uma mulher demora a saber o que pode. Leva tempo para que se aqueça a água da banheira. Para que o sabonete líquido se agite em espumas. Ela pisca o olho, fecha, pisca o outro e vê o saltear do que é aqui se deslocar para acolá.

Desde pequena, gosta de brincar de mover coisas. Sem óculos, tomado pela espuma, diferente da mulher, o homem enxerga no tato. A temperatura da água alcança quase quarenta graus. O banheiro assume atmosfera de promessa de dissolução, de pecado permitido.

Há um momento em que o mundo acaba, e nada mais há de ser dito. Carregava essa verdade desde o primeiro grito. Na banheira Norah Jones canta com sua voz rouca *Sinkin' Soon*, e um cheiro de cabaré, espumante, vela queimada e sexo mistura-se às espumas. Na sua nuca, o caminho de dedos na pele. As marcas no pescoço seguem o ritmo da canção — *nós vamos ser afundados logo [...] de um buraco minúsculo cresceu o vazamento, seremos afundados logo.*

O corpo guarda vestígios do atrito entre pernas.

O dungeon

As correntes contornavam pernas e braços. Uma réstia de luz perfurava o topo da parede e incidia sob o dorso da mão esquerda da mulher. Ali, não havia tempo. Era lua cheia de uma noite que parecia eterna. Nem havia espaço para o sol. Raquel senta-se cambaleante e desliza o olhar até alcançar os pés. O lugar parecia estar coberto por uma geada.

O vestido azul-turquesa, de textura aveludada, criava na masmorra uma atmosfera suave. Tenta levantar-se e é imediatamente impedida pelo peso das correntes e pela vertigem causada pela paralisia das pernas. Teima em se pôr de pé. É a hora em que o carcereiro traz água e comida. Ajeita os seios, que escapam do vestido, e enrola os cabelos louros até formarem farto volume ao longo do ombro esquerdo.

O rangido da porta de madeira se confunde com a voz daquele que a mantém sob vigília. São os mesmos e únicos sons desde que fora recolhida ao calabouço. Recosta-se na parede esburacada, coberta de limo, e recebe a tigela com a mesma gosma que come todos os dias e que entala a garganta. Regurgita antes mesmo de levar a primeira porção à boca. A disfagia não é apenas uma reação da saliva e do orifício que dá passagem ao alimento, todo o corpo se fecha.

Suspende os olhos na direção do homem que a alimenta e entorna o líquido. A sede faz escorrer, a fome não deixa escapar nenhuma migalha.

A visão do carcereiro segue o destino da água, percorre a boca, descendo até o colo que emoldurava o vestido azul. É um homem provido de cabeleira farta, seus cabelos pretos caem até os ombros, funcionando como uma máscara negra, destacando ainda mais a escuridão de seus olhos de azeviche. Naquele dia, pela primeira vez, a mulher mira na direção do homem. Enxerga o tremor de suas mãos e se arrasta. Os cabelos longos de Raquel pendem aos pés do homem. Ele se acocora, ergue-a, passando a língua em cada gota de água que escorre pelo queixo da fêmea, até o canto da boca. Experimenta o forjamento de metal que circundava os pés de Raquel também enredar seus braços e pernas. Distraído da chave, sem mais saber como retomar o caminho fora do labirinto escuro, conclui: estava também preso.

ARMADURAS

Raquel cerra os olhos, aperta as pálpebras, até que o temor se esvaeça na escuridão. A cancela do olhar é sua única via de fuga. Ela se encolhe e esconde a cabeça entre braços e pernas. Um rasgo de choro invade o silêncio. O homem permanece ao lado dela, assentado e incrédulo diante de sua pouca força, por se deixar demorar. A mulher condenada por todo tipo de sortilégios, versada em feitiços, treme diante da encantação do encontro.

O homem que apenas conhece o poder da força física não tem artifícios para escapar do cerco. Dizia-se aos quatro cantos que ela tinha o poder de curar, predizer o futuro, de provocar paixões. Fora muitas vezes advertido: *nunca olhe nos olhos dela*. Seus movimentos no calabouço eram, até esse dia, tão limitados quanto os de Raquel.

Raul era um mouro destemido, já fora aio dos mais bravos lutadores, e se julgava inabalável. Fizera parte das linhas de frente das cruzadas e considerava o calabouço apenas um lugar para breve descanso. Costumava dizer que seu corpo era armadura e dispensava escudos. Havia ganhado a alcunha de gigante, e essa batalha, a de carcereiro, era a mais branda de sua vida. Nunca acreditou em feitiços e bruxarias. Dizia ter a alma fechada. Era uma época em que existir era atritar o mundo, tornar o corpo chapa de ferro, escudo à espreita do inimigo, lança e pólvora.

Uma mulher acorrentada não oferecia nenhuma espécie de risco. Ele estava a salvo. Seu faro de caçador, seu ouvido de predador, a agilidade em manter-se como parede maciça diante dos ímpetos da vontade faziam parte da geometria de seus gestos. Os arroubos diante de perdas, os estados de fúria, a fome de vingança, que acometiam outros seres humanos, no caso do carcereiro, promoviam até mesmo calma e indiferença. Seu corpo era uma superfície coberta pela lâmina fria da proteção e do elmo a sustentar o peso de sua cabeça.

Não antevia o fascínio da pele dela desarmada entre correntes. Ao deixar-se demorar diante do desconhecido, ao deslindar antigos nós, ao abrir tranquetas, Raul foi sacudido por um súbito pranto, cada gota de lágrima derramada dissolvia metais de proteção.

Naquele dia percebeu que desconhecia os golpes de uma luta que inexistia. Que seria necessário compor outro repertório de gestos. Repentinamente, tomou as chaves e afrouxou o suporte de metal que envolvia o pescoço da mulher. Removido o colar de ferro, as argolas que amordaçam a vida presa, ainda persistia o pavor de um diante do outro. Qualquer ato pode ser salvo-conduto. Raul entrelaçou os fios do cabelo de Raquel, penteando o assanhado do tempo. Um a um. A delicadeza em estado bruto afrouxa lamentos abafados. Ela canta. Um som modal, gutural. Um tufão de gemidos agrilhoados. Suspensas as correntes e as armaduras, o labirinto escuro guarda o coração de um homem coberto pelo corpo de uma mulher.

O MOURO E A MOIRA

Silêncio. Daqui ouço os gemidos de Raquel e o arrastar das correntes. Um prazer em tom de lamento alteia o som do lugar ermo. Raul, mouro da dinastia Almorávida, chega à Península Ibérica trazido pelos ventos da ameaça de reconquista de Al-Andalus. Durante as cruzadas, protegido por seu elmo e sua armadura, Raul incorpora a alcunha de homem de ferro, o gigante. Não havia nele cara nem corpo, só coragem. Carregava por onde ia uma espécie de dormência. O guerreiro tomara o lugar do homem. Suas mãos discerniam superfícies sólidas de escudos e finos desenhos da lança. Os braços eram talhados para movimentos de gestos firmes. Todos os sentidos do guerreiro haviam sido treinados para uma única direção: o inimigo.

Uma vida se conta mais pelos desvios de rota do que pelos itinerários traçados nos mapas. Na batalha de Zalaca, em um confronto decisivo, Raul e seus guerreiros derrotam o rei. Os mouros ocupam o palácio, assassinam seus guardiões e, inusitadamente, encontram no calabouço a princesa Raquel, filha primogênita do monarca. Assim como Raul, ela também vivia uma batalha entre mundos de limites tênues. Fora acusada de feitiçaria e de uso de poderes obscuros. Detinha o poder de misturar os códigos entre mundos forçosamente cindidos.

Não havia armadura nem escudo capazes de inibir o poder que emanava do corpo da feiticeira. Ela enxergava para além da solidez dos ferros, das paredes grossas do castelo, dos limites do reino, das linhas que pareciam separar céu e terra. Carregava o desassossego de seres sem lugar, andarilhos de mundos a descobrir. O domínio dos mouros torna-se ameaçador não apenas devido à extorsão de riquezas e terras, mas também pelo temor das crenças inspiradas na magia. A princesa vivia no limbo, entre dois mundos. Entre os bárbaros é tida como moira encantada. No seu mundo é acusada de bruxaria. As lendas dizem que as moiras, donzelas de irresistível beleza e poder de sedução, podem ser confundidas com montes, florestas e rochedos.

Desprovido da proteção de ferro sobre o corpo, do anteparo por sobre os olhos, Raul fita Raquel. Um guerreiro sabe quando é atingido frontalmente. Quando é tomado por um fogo devastador, que só acende, só ascende. Percebe que não mais tem resguardo por detrás da armadura. E quando se rende aos desígnios da vida e da morte.

Toma entre as mãos a pele branca da princesa e penetra ainda mais a caverna escura. Raquel, a moira, a guardiã dos locais de passagem, a que sorteia o fio nas rodas da fortuna, a fonte selvagem da manifestação do sobrenatural, ela, a fêmea encantada, toma a mão do homem e o conduz ao interior da terra. Entorpece o ato para que nunca se quebre o encanto. Chegou a hora. Com seu pente de ouro, tocado aos fios dos cabelos negros da mulher, Raul quebra a corrente que separa os mundos.

Uma existência trafega sob superfícies, entre abismos e pontes. Ao traspassar lugares confinados, Raquel vislumbra o que permanece. O tilintar do aço sendo afiado, o zumbido do frio e da fome, a chave do carcereiro entreabrindo passagens, tatuam-se na pele da memória. O corpo preserva o raro. Mesmo perfurado, amarrado, forçado, amordaçado, existe dentro dele um cômodo secreto que abriga porção de vida.

É ele, o mouro temido, o guerreiro incansável e rude, de lábios grossos, mãos ásperas e lâmina certeira, que a conduz para além da escuridão. Uma mulher que consegue ver para fora das grossas paredes tem o poder de subida, de elevar-se até a química oculta dos desejos. Tem o domínio do fogo incandescente, do ato de transformar ferro em pluma, de se mover entre o parasita e o simbionte, de determinar o destino dos mortais, de ser ela própria dona do destino.

O pastor

Atravessou a sala com uma dormência nas pernas. Um grito calado, aprazado, pode ficar guardado onde não deve. O homem transportava esse travo na garganta. Santo é que não era. Tinha dentro das calças um anseio que tinia, envergonhado e vigoroso. O padre bem falou na sacristia que o proibido tem um jeito de se espichar no corpo. O guardador de rebanhos ficava tão só, tão deserto quanto as paisagens macias da superfície do campo. Diferente do aprisco, curral destinado ao abrigo seguro das ovelhas no pasto, a vontade é de correr em disparada.

A primeira visão de pecado, a cena um do enredo, ponteia deliramento e fascínio. Naquele dia, um sentimento indecifrável de urgência agitava o corpo do pastor. Assim como o rebanho, ele também era visitado por necessidades de ganhar velocidade, de escapar sem saber bem do quê. Por vezes, desgarrava-se, deitava-se à sombra de um ipê amarelo e se aninhava para o corpo ganhar calor na friagem.

Nesse dia, afora as ovelhas, nada se movia no pasto. Foi quando uma aragem, um farfalhar de arbustos despertou o homem do letargo. Esfregou os olhos e prostrou-se de joelhos diante do que via. Uma mulher, uma figura diáfana, atravessava a pastagem. Montada em um cavalo cinza-prateado, o vestido acompanhando a ondulação do vento, os cabelos margeando a sela, o corpo da mulher e do animal eram um só. Desenfreado.

Uma aparição fantasmal no final de uma tarde cinzenta de inverno. Em um rápido impulso, o pastor correu em direção ao cavalo e segurou as rédeas. A mulher ergueu os olhos e se demorou. Suas mãos alvas, sem proteção, tremiam. Não havia o que falar, apenas espera. O pastor recolheu a mulher do cavalo e fitou-a, demoradamente, entre seus braços. Ela pedia uma coisa qualquer que ele antevia. Deitou-a na relva e a cobriu com seu manto. Com a boca, soprou um hálito quente por sobre o rosto da desconhecida. A mão da mulher percorreu as costas do pastor e desceu na direção certa. Era tarde. Dissolvidos no calor não havia língua preparada para traduzir o improvável. O cavalo permanecia amarrado, as cabras mordiscavam o pasto, as folhas do ipê amarelavam a sombra, até o grito desadormecer a relva.

Na cena dois, o pastor é chamado à casa do dono da terra. Atravessa a sala escura, apinhada de bichos empalhados, e mira o homem desconfortavelmente acomodado na cadeira de rodas. Ficou assim depois da guerra. Logo avista na poltrona ao lado a fêmea, tendo entre as mãos o livro de Lawrence, *O amante de Lady Chatterley*. Estendida por sob os fios dourados de seus cabelos, os olhos de vigília do pastor leem a gana da fome, a vontade de debandada. Enxerga entre olhos o dilúvio do interdito.

Disfarçando o embaraço, o homem relata a quantidade exata de ovelhas dispostas no pasto e diz: *não deixei escapar nenhuma*. Não havia mais nada a dizer.

É quando a mulher lê em voz alta uma passagem do livro: *e em seu peito o terror esvaiu-se. A paz voltou ao corpo dela, já liberto de resistência, num dar-se inteiro, num deixar-se flutuar.*

Escutou-se lá fora apenas o berro de uma cabra que havia seguido o pastor, perdido.

O flâneur

Sentado à beira da calçada, o homem que acabara de completar cinquenta anos está enfim desgarrado da sequência das horas-aulas, do tempo calculado. O desemprego traz essa desordem, uma malemolência que arrasta os instantes. Nessa tarde, a temperatura em Belo Horizonte media vinte e um graus. Dia ameno para ir até o mercado jogar conversa fora. Ao vestir sua roupa de passeio, escuta o esperado: *já vai zanzar por aí ao invés de buscar trabalho*. Inspirado no seu filósofo predileto, o ex-professor de literatura apenas responde à mulher: *vou flanar*.

À deriva, o nada a fazer tem trazido um gosto amargo de derrota. Repete para si: *sim, Benjamin, todo flâneur é um desenraizado, também sou, só me sinto em casa dentro da multidão.* Ao pisar nas ruas, imerso na dispersão, sente-se desperto. O espetáculo da cidade é seu refúgio. Gosta de assoviar, já que costuma se perder nas letras das canções. Ao atravessar a rua Bahia, chegando no parque da Liberdade, ensaia nos lábios a canção de Chico: "morreu na contramão atrapalhando o tráfego". Pensou: todo homem desacreditado é caído. Olha a data que, repentinamente, lhe salta aos olhos em uma placa luminosa: 18 de junho de 2010.

Mete as mãos no bolso em busca de um maço de cigarros e encontra dois bilhetes de cinema de uma sessão perdida. Sempre chega atrasado. Nesse dia distraiu-se na leitura. *O lobo da estepe*, de Hesse, reluzia sua imagem: *sou aquele animal extraviado que não encontra abrigo*. Em uma de suas páginas, pétalas de rosa murcham, exaltando o cheiro engavetado do esquecimento. Um homem calvo e de olhos fundos oferece um carnê do Baú. Pensa: *isso ainda existe?* Uma mulher de trança e rosa cor de urucum no cabelo, rente à orelha, compra dois. Ele suspira: *ah, se eu ainda tivesse essa felicidade!* Os cabelos nem tão negros da moça tingem lembranças. A rosa não fala. Apenas o calendário é testemunha do fim.

Em uma loja de eletrodomésticos, escuta uma notícia e sente na carne o corte daquilo que chamam vida: *adeus, Saramago*. Luminosa a morte que desconhece a cegueira: "se podes olhar, vê; se podes ver, repara". Ninguém percebe que o relógio da praça inverte os ponteiros. Gritos, apitos e batuques agitam os jogos da copa. É gol? Goooooooooooooool. O rebuliço das horas mistura sentimentos. Um torcedor agitado pisa atordoado os pés do homem. De pronto, devolve o desaforo: *vá de retro, Satanás*. Xingar é bom pra dedéu, como costumava falar a mãe. Lembra-se da notícia que acabara de escutar e deixa verter uma lágrima: *a lucidez perdeu o fluxo livre da consciência de Saramago, e o mundo corre atrás da bola. Não há intermitências para a morte. Ela persiste.*

Os passantes seguem indiferentes. É hora de retornar a casa. Os ponteiros posicionam-se no exato das horas. Despovoa-se o espaço do devaneio. Permanece a caverna dos que metrificam os dias. O homem cospe no asfalto e ri. Ele tão mais morto do que o outro que acabara de partir.

II

A fulana morte

Era curvo e de olhar oblíquo. Não havia certidão de nascimento. Fazia quase dez anos que parou nos oitenta. As mãos carregavam linhas de gerações em colisão. No sobrecílio esquerdo, a moldura do olhar se eriçava no contradito. Diziam que o homem era *zarolho*. Não alongava conversas. Suas poucas palavras vinham quase sempre escoltadas por um ponto-final.

Uma cigana de passagem revelou que, assim como gato, ele teria sete vidas, e completou: *sete amores e sete destinos*. Conta ele que morreu a primeira vez em alvoroço. Quando soube da morte da mãe, correu léguas. Com três dias de desaparecimento, teve seu fim decretado no pequeno povoado de Alto Santo. Logo depois, por conta do acaso, foi encontrado no mato fechado, próximo às oiticicas. Dias sem comer nem beber água. Restava dele um fio de uma coisa qualquer que chamam de existência.

Como de costume, o vaqueiro carregava na algibeira uma peixeira, um pacote de tabaco e uma foto desbotada da mãe. Ficava sem jeito quando a rádio do Vale do Jaguaribe soltava a música de Evaldo Gouveia na voz de Altemar Dutra. Entocava o olhar, e pensava: o amor nunca soube falar baixo.

Dessa morte eu fujo como o diabo da cruz. Bicha esperta, engana qualquer homem valente. É só avesso da mesma vida.

O homem morreu de muitas formas. Enfrentou secas cinzas e de fundas rachaduras na superfície avermelhada da terra. Fome é uma morte que grita. Houve muitas outras. Na ocasião em que foi derrubado do cavalo e permaneceu por dias inconsciente, sonhou ser dono de terra e viu capim margeando o riacho de nome mal-cozinhado. Essa morte nem valeu. Ao acordar vivo e são, ainda parecia embalado pela visão do verde e da correnteza.

A sua última história se desenha no cadenceio destas linhas. O vaqueiro soube da minha vinda ao pequeno povoado e se achegou. O sol já podia ser avistado por detrás da serra da Micaela, quando o homem apeou o cavalo. Apresentou-se. Narrou seis vidas. E, sem dizer por qual razão, me pediu para que tomasse a caneta e escrevesse o que já sabia.

Da vida não se tem escapatória. Durei muito tempo enganando a fulana morte. Tá conseguindo pegar a ideia? Corri de onça, enfrentei o inimigo no bico da faca, saltei de fogaréu, venci a fome, escapei de marrada de touro, mas nunca alcancei moça, a palavra bonita que fala de amor. As horas tão indo embora, minha filha. Anota aí essa frase, já que dele escapei: o amor é a covardia dos corajosos.

Reparei nos seus olhos cansados e indaguei: quer levar o que escrevi? Ele me fitou arqueando zangado o olho esquerdo e disse: *não, moça, é só para botar no livro aí o que o velho vaqueiro descobriu. Pode ser que alguém mais moço ganhe coragem.*

Maria e o homem que ninguém viu

A linguagem só começa com o vazio.
MAURICE BLANCHOT, *a parte do fogo*

Tenho dito e escutado recorrentemente: *oh, vontade de morar nos mato*. Lá fora, o chocalho da vaca se confunde com o ruído da forrageira. Uma revoada de periquitos risca o céu. A bromélia vermelha, com filamentos brancos, brinca de ser bonita duas vezes. Capotes desfilam na porta da casa em fila, altivos e coloridos. Montanhas desenham lonjuras. Uma abelha tenta me picar enquanto escrevo. Uma mosca grande, popularmente chamada de mutuca, barafusta meu pensamento. Conjugo naturezas na Linha da Serra.

Entrei na trilha mata adentro. Por entre pedras, lamas e declives, encontrei escombros de antigas edificações. Ocultado por entre árvores, em uma casa de barro, vive um homem isolado há mais de vinte anos. Pouca gente vê o morador do pequeno casebre. Diz-se que tem barba e cabelos compridos. Veste-se de andrajos, porta unhas nunca cortadas e se esquiva diante de qualquer contato.

Raimundo, como se comenta por aqui, nunca mais quis ver ninguém depois que perdeu a finada Stela. Vive de frutas e doações que deixam em sua porta. Ermo como condiz a uma dor sem fala. Inexiste ali qualquer rastro do que designam de civilização. Não há energia elétrica, rádio, fogão a gás nem viva alma. Sequer a voz do homem ressoa no vale escondido da floresta. Uma cacimba de pedra, coberta de lodo e hera, guarda a água como fotografia.

A história do eremita não me saiu da cabeça. Como alguém vive de quase nada? Seria ele asceta ou, como se comenta na região, louco de pedra? Lembrei-me do livro de Maria Toinha e sua Mística dos Encantados. Ela conta que muitas das roupas que lhe dão estão guardadas em caixas e tambores. *Não uso porque só tenho um corpo. Não precisamos de muito para viver*. Diz que seu destino consiste em descaminhar o mundo. *Depois, o silêncio reinou, como reina agora e encomprida as palavras*. E que faço eu, Maria, com os nomes que nem têm mais serventia? Procuro aqui no alto da serra tambores, cacimbas, gretas que recebam algumas das tantas palavras que *aceitei em mim* e não me vestem mais.

O corpo pode esquecer quando muito lembra?

O destino é uma caravana nômade, mesmo que o lugar tatue o corpo de memória. O eremita da floresta ficou para nunca deslembrar. Por décadas, tenta deixar intacta na mata a matéria do amor. O homem sem palavra, o Raimundo, me trouxe de volta o tempo em que ficava meses na fazenda Cachoeirinha, nas brenhas do vale do Jaguaribe. A luz era o lampião, o relógio, o nascer e o pôr do sol. No cair da noite, as redes ocupavam o alpendre. Era hora de escutar estórias. Sentada ao lado do homem que, carinhosamente, chamava de avô, mergulhava em um universo mágico. As paisagens ganham halos de fábulas que permanecem.

O senhor da Cachoeirinha acompanhou Lampião na serra de Pereiro, no Vale do Jaguaribe. Bena de Acelino, seleiro renomado, contava com gosto suas aventuras com o bando. De ouvidos atentos e olhos arregalados, enquanto fazia cafuné nos seus cabelos ralos, escutei a narrativa de um tio-avô que acompanhou Lampião na travessia de Jaguaribe até Mossoró, nos idos de 1927. Os vaqueiros conheciam "os caminhos de dentro", as veredas da passagem do gado. As narrativas eram interrompidas no ápice. *Amanhã conto o resto.* Com o coração aos pulos, insone, tentava eu mesma traçar a continuidade dos fios suspensos.

No outro dia, ouvia o aguardado chamado — cadê a menina escutadeira? O tal do tio, de nome Otílio, tornou-se popular na região. *Você, menina, nem sabia que é da família do famoso guia de Lampião. No final o cangaceiro deu o fuzil ao seu tio, um papa-amarelo.* No curso desses rios da memória, entro no Google (assunto: o guia de Lampião) e, para meu espanto, vejo que meu pai herdou o tal fuzil e o doou para o memorial da Polícia Militar.

Parte do ano vivia lá, entre as ancoretas dos jumentos a buscar água nos açudes, a ver raminhos murcharem na saga das rezadeiras, a apanhar algodão e colher oiticicas no riacho do Meio. Entre lendas da Maria Caipora, nas margens do açude Maracujá, ouvi predições de futuro. *Menina, esses teus olhos amarelos ainda vão partir muito coração nessa vida.* Frei Damião fez um ritual religioso na fazenda Cachoeirinha, no cume alto, ao lado da casa. Previu que tudo aquilo seria inundado. As águas da represa do Castanhão naufragaram o chão das memórias. Cachoeirinha não existe mais.

De que matéria sou feita? Após o tempo extensivo de isolamento causado pela pandemia, ao invés do retorno ao burburinho das ruas, desejo a vida que fala baixo. Talvez por isso a tua história, Raimundo, tenha se avizinhado da minha. Parte das palavras que carrego se excedem, explicam a mais da conta. Deito-me na sombra de um *ficus benjamina*. Até que o roçar do vento, a lanugem das folhas e o zumbido de pequenos bichinhos toquem a pele.

Sim, Raimundo, a dor te deixou imerso em ti mesmo. Pude te ouvir sem sequer teres aberto a porta. Nesses dias de pensar-como-quem-vê, na casa povoada de ausência, me assentei ao teu lado. Farto banquete dos descaminhados. Senti o acre da tua recusa. E te digo. O lado de cá, o da cidade que corre em busca de si mesma, que se esquiva no vaivém das sirenes, no horror de gente morrida e matada todos os dias, talvez seja a selva em que cada um se esconde. Assim como você, tento sobreviver. Acertar na direção de qualquer coisa do que chamam vida. Tal qual a mira de Lampião no escuro da mata.

A guardiã

O nome dela é Cosminha, e seu mundo vive sob eterna neblina. Ela se assemelha àquelas imagens de santas envoltas em arco de luz. De tão miúda, tem jeito de menina. Seu olhar perfura, invade, seguindo o mesmo tino das ciganas na leitura de destinos. Cada vez que tomo o caminho das pedras e desço em direção à sua casa, atravesso uma zona fronteiriça. A mata verde contorna a pequena morada, emoldurada de papoulas, ladeada por um pé de seriguela e uma mureta imitando banco de pedra. Há indícios de gentileza em cada cômodo. Bibelôs brancos de fios dourados, terços contornando imagens de santos, velas roliças, toalhas de chita e uma fotopintura do dia do casamento, trabalhada na paleta azul, dão ao lugar o fino trato da simplicidade.

Mesmo com o sossego de onde vive, a senhorinha não dispensa seu cão de guarda de olhos amarelados e orelhas suspensas. Conta que, para evitar perigo, visitas indesejáveis, mandou construir um portão de madeira preso apenas por um pedaço de arame. Cosminha sabe dos que se matam na ponta da faca por pequenas desavenças, dos que bebem e deliram a ausência da pessoa amada. Espremendo os pequenos olhos, levantando os cílios, a face desenhada de dureza, fala da fome dos homens grandes que devoram e desmatam a terra dos pequenos. Sigo o curso de suas palavras.

Plantou café nos períodos áureos do cultivo dos grãos na serra da Baturité. Hoje é dona de parte das terras em que trabalhou. *Tempo bom em que pobre podia comprar alguma coisa por ali. Hoje os terrenos é pra rico construir bangalô e vir passar dois dias sem nem olhar pro lugar.* Ela repete: *vender pra quê? O dinheiro some, a terra fica.* Diz que é rica, tem tudo que precisa para viver, pedaços de pão e retalhos da memória. Seu fogão à lenha resiste ao tempo, indiferente ao botijão de gás coberto com um pano bordado. Faz sua própria comida, varre o terreiro, lava seus pertences e remove, rotineiramente, a poeira trazida pelo vento.

Trago Dona Cosminha, essa senhorinha de 90 anos, e sua lembrança de uma fruta sorvida a dois. Em usual visita de final de tarde, ao atravessar a porta, vejo descerem dos seus olhos duas lágrimas acanhadas. Ela tira o lenço guardado junto ao peito, enxuga o rosto e indaga: *bichinha, você sabe o que é um amor grande?* Meio sem jeito respondo, perguntando: por que, Dona Cosminha? Ela se levanta, aponta para uma frondosa mangueira bem mais adiante da casa e diz: *senta aqui, sua mãe preta tem uma história boa pra contar.* Escute.

Meu velho Valdomiro plantou essa mangueira há muitos anos. Você sabe, né, minha filha, que se leva muito tempo, às vezes até nunca, para se comer o fruto de uma árvore plantada. Um belo dia, vindo da roça, meu velho entra com uma manga-rosa na mão. A manga era tão perfeita que parecia um jeito de Deus mostrar bondade. Valdomiro se senta ao meu lado, toma a fruta entre as mãos e com sua faca vai tirando talhos finos da casca. Quando o amarelo da manga tá todo descoberto, ele corta o primeiro pedaço e diz, é seu, Cosminha, e, em seguida come o segundo. A fruta do ano mais esperada. Isso é amor, você entendeu o que quero dizer, minha filha?

Perdão, Dona Cosminha, entendo quase nada de matéria que brota do chão. Eu, mulher da cidade, não sei discernir o tempo do plantio, desconheço o período das safras, tenho egoísmos de nascença, não sei dividir. Distingo apenas o que vem pronto, revela preço e não prescinde de tempo para amadurecer. Amor que me apraz é aquele exibido nos filmes de drama, nas cartas que perfilam romances conturbados, no sussurro de poemas sôfregos.

Sou daquelas que apago a luz, viro a página, saio de perto. Minha covardia, Dona Cosminha, se arrasta por gerações. Quem sabe a senhora reze uma novena em minha intenção. Faça oração de pedido forte repetindo meu nome entre o ato de contrição e as três ave-marias, até o livramento do temor da entrega. Do milagre escorrerá o líquido viscoso do medo. Do arco da luz que te envolve, minha mãe do mato, se fará ver a glória da delicadeza de Deus.

Jandira e a andorinha

Silêncio sem som é som. Som cheio de silêncio é silêncio.
MURRAY SCHAFFER

Hospital é um lugar fora do mundo. Um passarinho manco compõe a cena da despedida. Uma pata sim, outra não. Houve quem dissesse, que pena! Assentada na cadeira de rodas, com a bata verde fechada por duas fitas, a "paciente" retruca no ato: *doente somos nós que temos duas pernas e não podemos voar. Impaciência com quem só olha pro chão.* Se houvesse ainda mais voz, ela esbravejaria no contradito, exaltando a beleza do jardim. Faria loas ao cântico livre da andorinha manca. Ela, a alegre senhora do 107 (tenho antipatia com números ímpares).

Jandira nunca teve papas na língua. Em raras tréguas antes da morte, quando o relógio marcava 17 horas, ela descia do quarto até o jardim, sem permissão, e devorava três cigarros até a última ponta. Em dias seguidos, a andorinha assentava-se ao lado dela. O pássaro sem uma perna, ela sem suas asas. Em um desses dias, diante da cena de rara beleza, a enfermeira que passava por ali apressada deu ordens: *a senhora está muito doente e não deveria estar aqui, muito menos fumando.* Armada da indignação que parece mover refugiados de lugares dos quais foram arrancados, Jandira respondeu à proibição: *eu deveria estar onde quero*. A moça de branco recolheu-se. Era sua última vez.

Uma mulher diante da morte, um passarinho e a rispidez de quem não consegue assistir ao esvair da potência da vida. *Maldita medicina*, ralhou baixinho no virar de sua cadeira de rodas. Quem já morreu sabe que o maior sentimento nunca se conta. Jandira não fala mais. Não mais visita o lá fora. A andorinha pousa sozinha ao lado do vazio. No 107 houve cânticos de despedida. Januária despontou na janela. Passou a vida odiando a música que revelava a peculiaridade de um nome do qual nunca entendeu a razão — Jandira Januária.

Os sinais vitais por vezes se calavam na pressão mínima, nos vasos largos, e voltavam a emitir o som da vida latejando, resistindo. Alguém sugeriu, no se aproximar do fim, que o grupo pequeno que permanecia no quarto cantasse a oração de São Francisco. Inesperadamente, quando o coro ensaiou o último trecho *é morrendo que se vive para a vida eterna*, Jandira deu o último suspiro. Ausentaram-se os estímulos elétricos, o coração não se enche mais.

Calada a morte permanecia. O olhar aberto de Jandira se manteve cravado nas nossas retinas. A sala da partida imersa no nada. Eu vi. A morte é o estancar de um rio. Nada mais passa. Respira-se, até que a vida se cale. Sob o compasso assombroso do silêncio.

O homem da chave

Atravessava aquele intervalo em que nem se é moça nem menina, que não mais se brinca de bonecas, mas, por outro lado, ainda não se encontrou um lugar para dar sentido aos momentos do nada para fazer. Ele era professor de leitura e redação e, por ser muito jovem, acabava falando de tudo um pouco. Carregava uns óculos de lentes espessas, e seu olhar quase sempre se remexia para alcançar o alvo de sua atenção. Por ser quase esquálido, as calças eram sustentadas por cintos grossos, levantados por movimentos sucessivos até a cintura. Todas as moças da sala divertiam-se em fazer troça dele.

Um dia, pediu que lêssemos *Memórias póstumas de Brás Cubas*, de Machado de Assis. Eu li de um fôlego só. A narração feita em primeira pessoa, por alguém que se identifica como um morto que decidiu compartilhar memórias, rompia o lirismo dos romances feitos para mocinhas de boa família. Nenhuma leitura, até então, mexera tanto comigo. Uma porta para o realismo na literatura brasileira e um amor assim narrado — "Marcela amou-me durante quinze meses e onze contos de réis" me mobilizou a vontade de ler mais e mais.

Os olhos de Rosilmar reluziram diante daquela quase menina, meio desengonçada que nem ele, meio fora de lugar, ali, insistindo para que indicasse outro livro de Machado. Baixou a vista por sobre as lentes avantajadas, mirou-me fixamente e disse: *vamos ler agora Dom Casmurro, e você vai escrever sobre os personagens e organizar um julgamento na sala de aula — Capitu traiu mesmo Bentinho?*

Fui percebendo nuances da personagem, sua avidez por tudo sorver, sua curiosidade inquieta, seu olhar faminto. Como diz Machado, o olhar de Capitu, olhar de quem quer roubar. Olhos de ressaca. Traziam não sei que fluido misterioso e energético, uma força que arrastava para dentro, como a onda que se retira da praia, nos dias de maré baixa. "Olhos que o diabo lhe deu", nas palavras de José Dias, personagem da obra.

No dia do julgamento estava tensa, pois seria a única na sala disposta a defender Capitu diante de uma turma de trinta alunas. Rosilmar me encorajou e deixou-me entre as mãos um segredo. As recentes descobertas, os tantos outros livros que passei a ler, o mundo onírico que embalava o curso livre da imaginação trouxeram para o julgamento um fato novo, também para o mestre. Depois de escutar as acusações contra Capitu, de perceber a gravidade e a quase evidência da traição, falei: *pouco importa se Capitu traiu, o livro mostra o universo de uma mulher que não cabe num mundo pequeno, uma mulher excessiva que poderia trair ou não e assim mesmo conduzir um olhar que vaga no mistério.*

No final, o julgamento decidiu nada julgar. Havia plantado uma Capitu nos olhos daquelas meninas. Era 1973. Eu vivia limitada entre paredes da casa, única filha mulher de um pai ativo no cenário político, personagem integrante da facção dominante no pós-golpe de 64. O princípio que imperava era que moça direita não devia ganhar as ruas. Entre as mãos, no dia do julgamento, recebi do professor a chave da estante onde as freiras escondiam os livros proibidos. Li toda a obra de Machado de Assis, Eça de Queiroz, Jorge Amado, e fui ampliando para Flaubert, Balzac, Hemingway, para a poesia de Pessoa... Havia um mundo habitando os muros da casa.

Na sala de aula, ocupei a frente. Compartilhava, quase todos os dias, os meus escritos com o mestre. Recordo a última cena, antes de sair da escola de freiras para um colégio misto. Na passagem de um corredor, de forma sub-reptícia, ele me puxou e revelou: *você tem ares de Capitu, um olhar que se mostra e se esquiva*. Continuou. *Você sempre escreverá, precisa de um lugar para o mistério.* A ele, devo estas e outras linhas. Ao homem que me deu a chave.

O crime que o professor não cometeu

Cedo aprendi a cavar o silêncio. Quem vive sem se preocupar com os nomes, com palavras que classificam, corre o risco do esquecimento. Ele cruzou a passagem secreta, logo no primeiro dia. Na escola, a moça tinha preferência de ficar nas últimas cadeiras da fila. Passar despercebida em sala deixava espaço para o devaneio.

O professor de literatura era tão magrinho que as pernas davam voltas ao se cruzarem debaixo do birô. Isso parecia acentuar o tamanho de seus olhos e o mover-se rápido das retinas. Foi fácil perceber sua atenção, a vista alcançar a fronteira da zona de reserva. A aula era sobre *Dom Casmurro*, e todo o afã de Rosilmar era o de tentar descrever o que denominava de personalidade felina de Capitu. A alcunha era essa mesmo: Rosilmar. Fiquei ensaiando indagar, mesmo sob o risco de ser chamada atenção pela diretoria, se ela se devia a uma junção do nome do pai com o da mãe, ou do mar com o da rosa?

Naquele momento, nos mudos anos setenta, perguntar era como brincar perto do abismo. Tal qual foi dito, a última cadeira podia ser um refúgio seguro e despovoado, não seria esperado que se respondesse a usuais perguntas sobre a matéria, sobre os escritos que o professor assentava na lousa. Um dia, Rosilmar cruzou a sala, andando de um lado para o outro, esquecido do birô. Movia-se percorrendo as filas das carteiras ocupadas pelas tantas meninas-virando-moça. A ordem era despistar das freiras austeras a malícia que, sorrateiramente, teimava em dar sinais. Antes da entrada para a sala, as bainhas das saias eram conferidas durante o bocejado cântico do "alô, bom dia, oh, como vai você". A saia de pregas azul não poderia estar acima dos joelhos. Esconder era o modo possível de carregar o proibido.

Os olhos verdes e famintos do professor arrastavam-se de carteira em carteira. Lia em voz alta, com pequenos gestos de dramatização, trechos que versavam sobre os mistérios de Capitu. Falava de uma mulher que, curiosamente, sem que eu pudesse entender, dizia de mim, também. Aproximou-se. Pedi a Deus para que não chegasse ao fim da fila, não me alcançasse no lugar resguardado do mútuo embaraço.

Repentinamente, Rosilmar mudou a cadência dos passos e arrastou-se até ao meu lado. Foram segundos de perplexidade, tanto minha como do mestre. Ele me apontou e proferiu em tom de confidência violada — ela carrega o mesmo abismo dos "olhos de ressaca" de Capitu. Eu poderia ter baixado a vista, desviado o olhar, poderia ter poupado o homem daquele vexame. Distraído, desconhecia o calibre da arma até então ocultado pelo tamanho da saia. A força de um tiro sem bala. Não havia nada escrito nas redações da última série do ginasial. Minha tradição é do cangaço, dos duelos de sangue, da pontaria de longo alcance.

Fui tangendo a vista na direção do professor, lenta e certeira. Me levantei, não tinha mais vergonha a passar. O segredo fora revelado. Pedi para pegar o giz que ele conduzia em uma das mãos. Certamente achou que eu escreveria algo no quadro denominado de negro. Qual o quê. Apertei sua mão, já trêmula. Em seguida, a conduzi à narina. Disse para a sala toda escutar — a fragrância é de madeira prestes a pegar fogo. Ele soltou o giz e voltou a falar, gaguejando, sobre literatura. Matéria que conhecia bem.

Fora da sala, a caminho do recreio, o professor segredou em meu ouvido uma passagem da fala de Bentinho: "Capitu, isto é, uma criatura mui particular, mais mulher do que eu era homem". Compreendi. O abismo se move sob os pés. A ressaca vem depois.

III

Carta de não perdão

Por que cresceste, curuminha,
assim depressa, estabanada,
saíste maquiada
dentro do meu vestido.
CHICO BUARQUE

O vidro do carro subiu diante da cara espantada da menina. Fechada entre portas de travas sem chave. Castigo por falar muito, por esconder-se para brincar, por deixar comida no prato. Trancada na despensa, trancada no quarto, agora trancada no carro. Modalidades de punição que nunca passam. Interromper os lugares de entrar, de sair, pode ser a forma mais rápida de se enfraquecer coragens. Leva um tempo para que o abandono se torne inofensivo e mudo. Talvez, nunca.

Ficou de início aquietada. Na imaginação versada em jogos de esconde-esconde, a menina de oito anos acreditou que a mãe logo retornaria e diria — gostou do susto? A feira da Gentilândia engoliu a imagem da mãe em meio às barracas e ao vaivém dos passantes. Lá fora, gente, muita gente. Os vidros fechados do automóvel produziam a imagem de um filme mudo invertido. Por dentro gemidos de medo, palavras de desespero. Fora do carro o movimento da boca de variadas vozes inaudíveis. A ausência faz barulho.

Um deserto de alta temperatura se instaurou no lugar fechado. Ninguém sabe a hora em que um sentimento de temor se transforma em desespero. Que gatilho desperta a certeza da tragédia. Esmurra os vidros com a força possível, chega a bater a cabeça vezes seguidas, por julgá-la mais dura, no intento de estilhaçá-los. Olhos de todas as espécies acercam-se do carro. A multidão de desconhecidos fomenta ainda mais a sensação de que ela seria tragada pelo desconhecido. Faltava ar, faltava fôlego. Uma mulher de cabelos longos e mãos de bondade, que nem as santas do colégio de freiras, roga calma. Através de gestos, criando uma espécie de mímica de salvação, diz que um corpo pode sobreviver, mesmo que morra sozinho. Mesmo que uma criança tenha que entender, previamente, a dor dos fios rompidos.

Havia a possibilidade de um choro alardeado, aprimorado na estridência dos gritos de alto volume, alcançar os ouvidos da mãe? Sem sucesso, a menina teve a mesma ideia ao contrário: calar-se, fingir desmaio, aproximação do risco de morte. A tática funcionou, a multidão aumentou. Um burburinho de vozes, na busca de outras vozes, passou a catar a mãe abstraída pela escolha das frutas na feira. Diante da incrédula multidão, surge a mãe de Maria. Tão cerceada e muda quanto a menina. Com uma diferença: ninguém se dava conta de seu usual fechamento, de ter sido muito cedo castigada em silêncio.

Em volta do corpo da mãe, vidros suspensos parecem ter vedado seus transbordamentos, seu viço. Com a respiração ofegante, ela abre a porta. Senta-se e permanece muda. Até que a menina deite a cabeça em seu colo, banhada de suor e lágrimas. Até que a dor das duas seja uma. Até que a vida de cada uma invente rotas separadas. "Se fosse permitido, eu reverteria o tempo."

Como se diz em outra canção, eu poderia abrir as portas que dão para dentro. Percorrer corredores duplos de esquecimento. Ser maior que a menina que permanece no carro. Escutar a voz da filósofa que insiste em lembrar a condição humana. O perdão é revolucionário, porque só ele pode zerar o dito, o feito, e começar algo novo. Isso é bonito, é mesmo. Mas eu não te perdoo, mãe, não te perdoo por nos trair.

O perdão tem outra história

Eu te carrego entre traços rabiscados. Minha mão e a tua, espalmadas, exibem dedos longos. Uma música é tocada no movimento de teus lábios. Teus olhos se movem para lugares distantes quando a voz de Roberto diz: "detalhes tão pequenos de nós dois são coisas muito grandes para esquecer". Ele nunca aceitou esse outro que invadia sorrateiro o teu folhetim, teu rebolado na ponta dos pés, a boemia de Noel espalhada nas calçadas de Santa Isabel, a entidade suspensa que tu carregas e te espreita. A tua busca se inicia nas escadarias da Glória e descamba nas festas de Iemanjá. Eu surgi dessa promessa, mescla entre sagrado e profano.

Movo-me reta como se carregasse um cetro invisível e um domínio encantado. Guardo aquela foto em que você me sorri e comemora o nascimento entre peitos e braços. Você é deusa de reino distante, daquelas que cruzam o tempo em cavalo veloz, e eu parte do teu bando. Embora todos na família me apontassem a sina — é filha da macumbeira, isso era apenas rito da diferença. A que descende da entidade dos prazeres carnais, do espírito de mulheres que tiveram vidas insubmissas. O fio elástico da pomba-gira segue a linha dos terreiros de umbanda do Rio ao Ceará. Da descombinação entre o profano de teu povo e o patriarcado do pai nas veredas do sertão de matadores de gente.

O vestígio de tua passagem se eleva na ponta do sorriso que faz mover o canto esquerdo dos meus lábios. Tenho um tanto do teu olhar que vagueia curioso e outro tanto que se derrama felino. Isso que já te fez brigar pelo lugar perto do dancing. Queria ter aprendido a dançar tango contigo. Os homens do Aquarius aguardavam a hora de te conduzir para o salão. Já na gafieira fui ganhando soltura, sob a mira dos teus movimentos sem nunca teres tomado minhas mãos nessa direção. Carrego a Lapa em noites de festa. Não paro. Tenho até lista no Spotify intitulada *dançando sozinha*. Você me disse: *no dia em que parar de dançar, pode escrever, estarei perto de morrer*. Não desisto. Nossa sina é essa, viver.

Não nascemos para ter marido, essa entidade amorfa, embora o amor bata quase sempre em nossa porta. Casamo-nos com amantes eternos. Essa tua natureza sem limite deixou tua herança nos jogos de bingo. Eu também. Gasto o que tenho em torneios de alegria. Feito comer em mesa farta, viajar sem destino e ter filhos não planejados.

Tenho tido sorte, mamãe. Ao sentir cansaço, trago a imagem do Cristo Redentor de *braços abertos sobre a Guanabara*. Isso, desde pequena, me acalma. Hoje, moro perto do céu e já suporto o brilho das estrelas. Diz para Deus que sou grata por sua extrema gentileza comigo. Quando for partir, um séquito de borboletas e aves de penas leves me conduzirão. Livre. E estará escrito: ela cumpriu a promessa. Teu perdão é meu perdão.

Carta à filha que não nasceu

Tenho retido um grito sobre você. Nunca pude dizer do rasgo que me causou esse nascimento ao contrário. Essa canção de ninar presa na garganta. Pressenti que você partiria sem sequer chorar a primeira respiração. Preparei panos bordados de borboleta para você, embora meus dedos costurassem vidas tortas. Embora meu choro de menina ainda se escondesse detrás das portas. Eu sei. Você me cresceria, e eu abriria janelas para ver passar o tempo de nós duas. Que medo te impediu de ficar? Eu era uma menina esperta. Sabia dos esconderijos que vedariam a aparição de fantasmas e a invasão dos monstros da noite. Nunca te diria que eles não existem. Eu os ouço, a cada madrugada, espreitando o sono dos aflitos. Dos que se sentem banidos. Possuía senhas e ainda as carrego comigo. Nunca se sabe, não é, Raquel? Para que servem as senhas. Para que algo dê passagem, e não te conseguiria dizer mais nada. Brincaríamos de personagens. Nunca me iludi, uma mulher precisa de muitas peles. Poderia ter te conduzido no meu colo e nos salvado. Eu tinha um avião à nossa disposição. Nem te mostrei minha cidade em miniatura, feita dos pés enfiados na areia. Era povoada de gente que eu criava e eliminava. Sem culpa. Guardei minhas bonecas para te dar com roupinhas costuradas por mim. Elas iriam te receber de braços abertos. Essa tua vi(n)da sem chegada deixou uma parte de mim avariada. Eu te revelo, esta mulher que escreve espera ainda a outra que nunca chegará. Minha menina, não nos salvaremos, essa é a condição de todas nós. Fui tecendo um destino ao que te falta, ao que me falta por onde passo e me permite parir escrituras. Me acompanhas, e te faço falar. No meu colo dormes, e eu amanheço. Não temos nada a perder. Somos pequenos pedaços de palavras que voam na velocidade das flechas sem alvo. Arqueiras de um Deus sem nome. Eu te carrego. Tu me deixaste tendo contigo me carregado. Enlaçadas, em corpos desencontrados. A cada dia percebo um jeito de te alcançar. Até o ponto mais nítido da visão. O amor.

Para Raquel, que hoje teria 45 anos.

[posfácio]
Mulheres desancoradas

"Ovula na minha boca", um poema de muro, é o conto que falta em *Avarias*, de Glória Diógenes. Tão ardentes são algumas das 28 narrativas e que fui espreitando encontrar, mais e mais, a cada página. Isso é uma provocação para a autora. Quem sabe no próximo livro!

Também digo assim, porque o frenesi sugerido no poema explícito no muro de rua percorre os corpos de muitas das mulheres criadas por Glória para inventar, ouvir dizer ou lembrar de contações embrenhadas em um rosário de relacionamentos entre "alguéns".

Mulheres ancoradas em esperas, não por homens, mas no desprendimento da coragem de deixar manifestar o desejo e que não se nega ao gozo. Pode mover uma cidade inteira pela volta de um navio e nele um sentimento de regresso imprescindível.

Ou, depois, lá em outra crônica-conto, uma menina aperta as coxas em um travesseiro, o mundo se acaba, e ela retorna ao corpo quando for. Ou me deparo com a paixão subversiva e encantadora da Mulher das Latas pelo Homem Guarda-Roupas. Ela nua por debaixo, e o sangue a escorrer na coxia dos caretas que arbitram quem não existe.

Até um padre, num dos enredos, é encurralado a se confessar na intimidade diante de Madalena ancorada no "amar". Ela não foge do que sente, e o povo até ensaia uma troça, mas, em seguida, também se converte ao deleite.

O reverendo se aproximou dela, também em posição de circunflexão, e indagou o motivo de tanto pesar. Sustentando o olhar, a mulher interpelou: você já amou, monsenhor? Ele fechou os punhos, cerrou os lábios, apertou as pestanas sem nada responder. Nesse momento, se deu conta das pernas brancas de Madalena a roçarem suas vestes.

Os contos são também, em vários momentos, um no outro. "Ajanelados" e espiando a história da outra se desfechar. Dá a impressão de que as mulheres contadas em muitas histórias são da mesma espécie de um ser vivo matiz que não respira se não desejar.

Prendo-me feito leitor. "Sei que não há onde eu possa me abrigar. Não estarei imune." Uso da confissão-personagem da autora para receber desassossegos. Leiam e irão sentir. Ou não. A recepção não é obrigada a nada, apenas se deixe embarcar na "gangorra" dos enredos.

Há narrativas em primeira e terceira pessoas, e não há necessidade de enquadrá-las nas cercas da literatura. O instigante é a diversidade de personagens de "muitas peles", principalmente mulheres. Não há homens, há amantes e o amor à porta. Há Macondos particulares e dos outros e uma sina por viver. Sugiro se perder em *Avarias*.

Demitri Túlio
é jornalista, repórter e cronista.

GLÓRIA DIÓGENES

nasceu no Rio de Janeiro, em 1958. É professora doutora do Programa de Pós-graduação em Sociologia da UFC. Pesquisadora do Cnpq, coordena o Laboratório das Artes e das Juventudes. É autora de vários livros, dentre eles *Cartografias da Cultura e da Violência* (AnnaBlume). Foi coorganizadora e autora do livro de produção independente *Escritas em pandemia* e publicou alguns contos.

este livro foi editado

no verão

de 2024